TAKE
SHOBO

氷の覇王に攫われた憂いの姫は溺愛花嫁になりました♡

幸せ甘々新婚生活

小出みき

Illustration
Ciel

蜜猫
MitsuNeko

contents

イラスト／Ｃｉｅｌ

氷の覇王に攫われた憂いの姫は溺愛花嫁になりました♡

幸せ甘々新婚生活

序章

「……ひどい嵐になったわね」

ユーリアは読んでいた本から顔を上げ、ガタガタ揺れる鎧戸《よろいど》に目を遣った。

「本当でございますねぇ」

暖炉の傍らで暖と明かりを取りながら繕い物をしていた乳母のヒルダが、不安そうに応じる。

大陸中央高地にあるヴォルケンシュタインの王城は、十月ともなれば夜はかなり冷え込む。

このような嵐も晩秋には珍しくないが、今年はとりわけ心細さを掻《か》き立てられてユーリアはぶるりと震えた。

それを見て取ったヒルダは席を立ち、自ら編んだショールを衣装箱から取り出してユーリアの肩にそっとかけた。

「姫様、もっと火の側にお寄りなさいまし。そんな窓の近くにおられては隙間風で冷えてしまいます」

「いいのよ。わたしは大丈夫」

頑《かたく》なな表情でかぶりを振るユーリアの横顔を、ヒルダは痛ましげに見つめた。

飾り気のない真っ黒な羅紗《らしゃ》のドレスに身を包み、美しく波打つアッシュゴールドの髪はきつく三つ編みにして巻きつけ、黒い天鵞絨《ビロード》のリボンでまとめている。

唯一の装飾品はブレスレット代わりに左手首に巻きつけた黒玉《ジェット》のネックレス。日に何度となくユーリアは深くうなだれ、漆黒の粒を爪繰りながら祈りの言葉を呟《つぶや》いている。

――完全に喪に服す格好だわ。

自身も寡婦であるヒルダは心の内で慨嘆《がいたん》した。

半年前からユーリアは着飾ることも唇にそっと紅を差すことすらしなくなった。

それまでは十九歳という妙齢の女性らしく、限られた手持ちの中から気分に合わせて衣装を選び、季節の花を愛《め》で、小鳥の囀《さえず》りに耳を傾けては微笑《ほほえ》んでいたというのに。

不自然なほどピンと背筋を伸ばして椅子に座るその姿さえ、姿勢がいいと言うより壊れた人形のように思えてしまう。

読んでいるのは古びた装丁の聖句集。すっかり角がすり切れ、革表紙にはひびが入ったその本ばかりをユーリアはこの半年間読みふけっている。

――こうなったのは自分のせい。

ヒルダは込み上げそうになるのを必死に抑えた。

ユーリアは病床のヒルダを救うため、やむにやまれず意に沿わぬことをした。思慕していた人物を陥れることに加担したのだ。

結果、彼は命を落とし――ユーリアは生きる気力をなくした。

それから半年。

ユーリアは喪服に身を包み、王城の片隅に引きこもって日の光さえ浴びようとしない。

ヴォルケンシュタインの第一王女であるにもかかわらず、ヒルダとその息子たち以外、誰も彼女を気にかける者はいなかった。

物心つかぬうちに生母を失い、義母は継子を嫌って貶《おとし》めるばかり。実の父さえ、娘を利用して望みを叶《かな》えたというのに機嫌伺《うかが》いもせず放置している。

――本当にひどい人たち。

ヒルダは改めて悲憤に駆られた。

もはや忘れられた存在のユーリアは、この寂れた〈北の塔〉で、誰にも顧みられず朽ちていくしかないのか……。

それくらいならいっそ、政略でどこぞに嫁がされたほうがずっとましではないか？　少なくともこれ以上冷遇されることはないはずだ。

外では風がびゅうびゅう唸《うな》り、鎧戸がさらに激しく揺れる。

〈北の塔〉と呼ばれるこの一角は城の中心にある王族の居館から遠く離れた片隅だ。本来、王女であるユーリアが住むべき場所ではない。

生母である先の王妃が存命の頃は、もちろんユーリアとて贅沢《ぜいたく》な居館で暮らしていた。

本人は幼すぎて記憶にないだろうが、ヒルダはよく覚えている。その頃は父親のディルク王も今のように冷淡ではなかった。

（誰か、よいお相手はいないものかしら）

気を紛らわすように繕い物を再開しながらヒルダは物思いにふけった。

高望みはしない。少しばかり歳が離れていたって、姫様より背が低くたって。

そう……たとえ禿頭《ハゲ》で肥満《デブ》で足が臭くても。鷹揚《おうよう》で、太っ腹で、ヒルダの大事な姫君を下にも置かず大切に大切にしてくれる方なら……！

などと、乳母の忠心がだいぶ暴走を始めた頃。

ガタン……と部屋の戸口で物音が上がった。

次の瞬間、荒々しく扉が開け放たれ、黒装束に身を包んだ覆面の人物が押し入ってくる。

「なっ……⁉」

繕い物を放り出して飛び上がったヒルダには目もくれず、その男——屈強そうな体つきからして男に違いない——はユーリアにつかつかと歩み寄った。

突然の出来事にぽかんとしていたユーリアは、さすがに一国の王女らしく即座に気を取り直すと毅然《きぜん》とした態度で問《と》い質《ただ》した。

「どなたですか。まずは名乗りなさい」

「……名乗るまでもない」

押し殺したような声が、覆面の男の口から洩《も》れる。

それを聞いたとたん、ユーリアの顔がサッと青ざめた。

「ま、まさか……そんなはずが……」

「来い」

有無を言わさぬ口調で命じ、男はユーリアの左腕を掴《つか》んで引き起こした。

膝から聖句集が滑り落ち、背表紙が床に当たって鈍い音を立てる。

「やっ……」

反射的に抗《あらが》ったせいでドレスの袖がずり上がり、黒玉《ジェット》のネックレスを巻きつけた手首があらわになる。

急いで反対側の手で左手首を掴もうとしたが、即座に払いのけられてしまう。

男はユーリアの抵抗をなんなく躱《かわ》し、三重に巻かれたネックレスを力任せに引きちぎった。

バラバラと音を立てて黒玉《ジェット》の粒が床に散らばる。

露出した手首の内側には、ひとすじの赤い線がくっきりと刻まれていた。

双方とも息をのみ、一瞬動きが止まった。

我に返って逃れようとするユーリアを、男は荒々しく担ぎ上げた。

「きゃあっ⁉」

「おとなしくしてろ」

「……っ」

ユーリアは目を見開き、青ざめた唇を震わせた。

間違いない。この声は絶対に——。

でも、どうして。あの方はもう、この世にいないはず。

わたしが……死なせてしまったのだから……。

第一章　謎めいたお見合い

嵐の夜から遡ること半年――。

山国もようやく春めいてきた四月の半ば、ヴォルケンシュタイン王国の第一王女であるユーリアは突然父王に呼びつけられた。

第一王女とはいえ、早世した先の王妃の遺児であるユーリアは、義母を中心とする現在の家族からは疎外された生活を送っていた。

住む場所も違えば、一緒に食事を摂《と》ることも、宴に呼ばれることもない。

現王妃パウリーネは継子をひどく嫌っている。妖艶な美貌の妃にぞっこんのディルク王は、妻に請われるままユーリアとその兄アーベルを遠ざけた。

アーベルは本来であれば王位継承者なのに、学僧となって遠い異国の修道院にいる。

パウリーネが産んだ異母妹とも交流はなく、ユーリアにとって親しみを感じるのは乳母のヒルダとそのふたりの息子だけだった。

ヒルダ・ホフマンは貴族より一段下の騎士階級出身だ。乳飲み子を抱えて夫を亡くし困窮していたところを先の王妃にユーリアの乳母として雇われた。

次男のダニエルがユーリアと同い年、二歳上の長男フランツはユーリアと三つ違いの兄アーベルの良い遊び相手となった。

ホフマン兄弟は現在は王宮警備隊に所属し、ちょくちょく訪ねて来ては国内外の出来事や城内の噂話《うわさばなし》を色々と教えてくれる。

だから、現在ヴォルケンシュタイン城に不思議な客人が来ていることはユーリアも知っていた。

しかしその正体は謎だった。なんでも密談のために城を訪れたとか……。興味は惹《ひ》かれたけれど、所詮自分には関わりないことだ。

身分を明かした客を歓迎するときでさえ露骨に無視されている。お忍びの客人ならなおのこと、自分などお呼びではない。

それで納得していたので、父王から急に呼びつけられたときには驚いた。

さらに父の口から『見合い』などという言葉が飛び出すに及び、ユーリアは面食らうあまりぽかんとしてしまった。

「口を閉じなさい、みっともない」

パウリーネ王妃がぴしゃりと言い放つ。

継母は黒褐色《ブルネット》の髪を凝った髪形に結い、宝石を散りばめた櫛《くし》やピンをいくつも挿している。

瞳は紫がかった暗い青。立腹すると紫みが強くなってギラギラとゆらめくのが妖魔の女王めいて恐ろしい。

父王はとある舞踏会で十八歳のパウリーネに出会って一目惚《ひとめぼ》れし、先妻の喪が明けると同時に彼女を妃とした。

以来、王の寵愛《ちょうあい》は揺らぐことなく、パウリーネは宮廷で絶大な権力を振るっている。

幼い頃から事あるごとに美しいが恐ろしい義母に睨《にら》みつけられてきたユーリアは慌てて口を閉じ、足元の床に視線を落とした。

その様子に異母妹のハイデマリーがフフンと鼻で笑う。

「こんなのが見てみたいだなんて、物好きよね」

パウリーネは娘の機嫌を取った。

「単なる好奇心よ」

ハイデマリーは母親によく似た黒褐色《ブルネット》の髪に鮮やかすぎるほど鮮やかな孔雀青《ピーコックブルー》の瞳。顔立ちも母親似の刺《とげ》のある美少女だ。

そんな娘をパウリーネは我が身のごとく溺愛している。

「たまには醜女でも見てみるかと気まぐれを起こしたのでしょう。すぐに思い直しておまえに謝罪しますよ」

当然とばかりにハイデマリーは高慢な面持ちで頷《うなず》く。ユーリアはますます困惑した。

（どういうことかしら？　ハイデマリーの見合い相手がわたしに会いたいと言ってるの……？）

謎の客人は政治的な密談に来たのではなかったのか。いや、王族の結婚は政治の一環だから、秘密裡《ひみつり》にお見合いすることがあってもおかしくはないが。

「先方がどうしてもおまえと見合いがしたいとご所望でな。とにかく会ってみろ」

父王はおもしろくなさそうな顔つきで命じた。

寵愛する王妃によく似たハイデマリーのことを、父もまたちやほやと甘やかしている。それを羨ましいと感じる年頃はとうに過ぎたが、両親から溺愛され放題の異母妹が見合い相手にそっけなくされたことは、正直に言えばちょっぴり胸がすいた。

「どうせすぐに振られるわよ」

ハイデマリーは攻撃的な口調で決めつけ、侮蔑と怒りの入り交じった目付きでユーリアを睨んだ。

異母妹は見合い相手が気に入っていたらしい。どんな人かとにわかに興味が湧いた。

「……さすがにその格好で見合いはさせられんな。何か適当な衣装を着せてやれ」

国王の命令にしぶしぶと王妃は頷いた。気に入らない継子《ままこ》でも、粗末な衣装で見合いなどさせたら国の威信に関わる。

ユーリアはそのまま王妃の部屋に連れて行かれ、湯浴《ゆあ》みと着替えをさせられた。

ドレスはハイデマリーのものを借りることになった。貸したくないと言い張るハイデマリーに王妃は新しいドレスを二着作ってあげるとなだめた。

ハイデマリーはユーリアより三つ年下で、背丈も五センチ低い。だが、彼女の愛用する六センチのハイヒールに裾丈を合わせてあったので、かかとの低い靴にすれば大丈夫だった。

胸元はもともと当て布と紐《ひも》で調整できるように作られている。

髪を結い上げ、王妃が恩きせがましく貸してくれたガーネットのネックレスを着け、鏡に全身を映してユーリアは驚いた。

(まぁ……。お姫様みたいだわ)

王女にもかかわらず、着飾ったことのほとんどないユーリアは、うっかりそんな感想を抱いて噴き出しそうになった。

(わたしもお姫様だったのよね)

「……ヒルダが見たら喜ぶわ。ちょっと見せに行ってもいいですか?」

乳母は先月から体調を崩して寝込んでいる。宮廷医師に往診を頼んでも、いつも後回しにされてなかなか来てくれないのだ。喜ばせてあげれば少しは持ち直すかもしれない。

「ダメに決まってるでしょ!?　さっさと済ませて返してよっ」

母親そっくりの口調でハイデマリーが怒鳴る。

王妃にもすげなく追い立てられ、仕方なくユーリアは見合い相手の元へ向かった。

侍従に案内されたのは謁見にも用いられる小広間だった。ユーリアが入っていくと、窓から外を眺めていた背の高い男性が振り向いた。

目が合った瞬間、ユーリアはドキッとした。

相手についてはまったく聞かされておらず、年格好すら知らなかった。ハイデマリーが気に入ったのならきっと美男子なのだろうと想像はしていたが……。

確かに目の前に立つ男性は大層な美男子だった。

いや、美丈夫と言うべきか。

背はユーリアの知るどの男性よりも高く、上等な衣装に包まれた体格は頑健そのもの。

年頃は二十代の半ばくらいだろうか。

パールグレイのジュストコールに見事な刺繍《ししゅう》の施されたジレ。膝下まである共布のブリーチズに白絹の長靴下、銀のバックル付きの短靴。

王侯貴族の標準的な正装姿だが、ぴしりとした姿勢のよさと腰に吊《つ》った細身のサーベルから武人らしい雰囲気が漂う。

長い髪は光の加減で青みがかっても見えるアイスシルバーで、うなじでひとつに括《くく》っている。

何より印象的なのはその瞳だった。ごく薄い灰青色で、ひたと見据えられると背筋がぞくっとするような威厳と迫力がある。

気圧《けお》されてユーリアが固まっていると、美丈夫の目許《めもと》がふっとゆるんだ。

途端に、凍りついていたせせらぎが春の陽射《ひざ》しに融け出したような、清冽《せいれつ》なみずみずしさがあふれ出す。

男性はごく自然な足取りでユーリアに歩み寄り、長身をうやうやしくかがめた。

「挨拶させていただけるだろうか」

「あ……はい」

我に返ってユーリアは左手を差し出した。

彼は礼儀正しく手を押しいただき、指先に軽く唇を触れさせた。

「ユーリア姫……で間違いないな?」

「は、はい」

焦り気味に頷く。『ユーリア姫』なんて呼ばれたのは初めてかもしれない。ヒルダや乳兄弟たちが『姫様』と呼んでくれなければ自分が王女であることすら忘れそうだった。

彼は何かを確かめるかのようにじっとユーリアを見つめ、ゆっくりと名乗った。

「私はイザーク。イザーク・アレクシス・リーゼンフェルトだ」

ユーリアは小さく息をのんだ。

リーゼンフェルトはヴォルケンシュタインの北西に位置する隣国である。

豊かな沃野の広がる大国ゆえ、その領地を狙う国は多く、八年にも及んだ継承戦争が終結したのはほんの数ヶ月前のこと。

「リーゼンフェルトの国王陛下……で、いらっしゃいますか……？」

緊張で声がかすれてしまう。相手は穏やかな微笑を浮かべた。

「よかったら歩きながら話さないか？　天気もいいし、風もない」

頷くと腕を差し出され、ドキドキしながらそっと手を添える。

ふたりが中庭へ続くバルコニーへと歩きだすと、控えていた侍従が急いでガラス扉を開いた。

庭へ下りたふたりの後に王妃から派遣された女官ふたりと武官姿の男性が続く。イザーク王の護衛だろう。

ちらほらと花が咲きはじめた中庭をそぞろ歩きながらユーリアは尋ねた。

「あの……。ハイデマリーとお見合いにいらしたのではないのですか？」

「いや、貴女《あなた》とだ」

「わたしと!?」

「王女と見合いしないかとディルク王から打診があってな。てっきり貴女とだと思ってやって来たら、別の姫が出てきて驚いた。王女はふたりいたのだな」

「わたしのことをご存じだったのですか？」

驚いて問うとイザークは意外そうに目を瞠《みは》った。

「……覚えてないのか」

がっかりしたように独りごちるのを聞き、ユーリアは焦った。

「すみません！　どこかでお目にかかったことがあったでしょうか。わたし、あまり外出しませんし……城の宴にも出ないので」

「いや。気にしないでくれ。ともかく私は貴女となら見合いしてもいい……というか、ぜひとも見合いしたいと思ってやって来たのだ。会えて嬉《うれ》しいよ」

衒《てら》いのない言葉にユーリアは赤くなった。

「誰かとお間違えになっているのでは？　わたしのような醜い女……お見合いを望まれるわけが――」

「醜い？　誰が」

心底驚いたように問われ、ユーリアは羞恥に肩をすぼめた。

「も、もちろん、わたしです」

「貴女は美しいぞ。贔屓目《ひいきめ》を差し引いても、類まれなる美女だ」

大まじめに言われてユーリアは唖然《あぜん》とした。社交辞令にしても褒めすぎだ。もしかして、彼は近目なのだろうか。

思い切って背伸びをして顔を近づけてみる。

「どうした？　……ああ、目が近いのか」

「いえ、あなた様が」

「私はどちらかというと遠目だが」

ならば、とササッと離れてみれば、さらに困った顔で首を傾《かし》げられる。

「何をしておられるのかな」

「わたしの顔がよく見えないのでは……と思いまして」

「とてもよく見えているぞ？」

「でしたらわたしが不細工であることは、よくおわかりのはずです」

イザーク王は溜《た》め息《いき》まじりにかぶりを振った。

「どうも話が噛《か》み合わないな……。貴女は自分が醜いと思っているのか？」

「醜いのです。残念なことですが」

「なぜそう思う」

「ずっとそう言われてまいりましたから」

「誰に」

「義母《はは》です。異母妹《いもうと》にも顔を会わせるたびに言われます」

「……お父上は」

「醜いとは言いませんが……わたしを見ると不機嫌になって顔をそむけます。きっとあまりにわたしが醜くて不愉快になるのでしょう」

イザークは絶句し、憤懣《ふんまん》やるかたない顔つきでユーリアを見つめた。

「貴女を美しいと正直に言える人間は、この城にいないのか⁉」

「乳母のヒルダはわたしを綺麗《きれい》だと言ってくれますが、早くに亡くなった母のぶんまで可愛《かわい》がってくれた乳母ですから、すっかり目が曇っているのだと思います」

「いや、その乳母こそ正直者だ」

はーっと眉間にしわを寄せて溜め息をつくイザークに、ユーリアはふふっと笑った。

「お世辞でも美しいと言ってもらえるのは嬉しいものですね。ありがとうございます」

「世辞ではなく事実だ」

「お優しい方ですのね、陛下は」

「正直なだけだ。それから、私のことはイザークと呼んでくれないか」

「……イザーク様」

「誰がなんと言おうと貴女は美しいし、私は他でもない貴女と見合いがしたくてやって来たのだ。そのことだけはわかってほしい」

ユーリアは真剣なイザークの顔をまじまじと見つめた。じわじわと頬《ほお》が熱くなり、羞恥心が急激に高まってうつむいてしまう。

「わ……かり、ました……」

うむ、と頷いたイザークが堅苦しく咳払《せきばら》いをする。

「もう少し歩こうか。寒くなければ、だが」

「だ、大丈夫です」

ふたたび腕に手を添えて歩き始める。

(本当に、イザーク様はわたしとお見合いしたかったの……?)

ハイデマリーが気に入らなかったのではなく。最初からユーリアとの見合いを望んでいたというのか。

イザークはユーリアのことを以前から知っていたようだが、心当たりはない。

そもそもユーリアは他国の王族と会ったことがないのだ。城から出たことさえほとんどない。

二歳から七歳頃までは国境近くの森にある古城で暮らしていた。病身の母は古城に移って半年ほどで亡くなったが、ユーリアはそのまま数年間城に留《とど》め置かれた。

落雷による火事で城が燃えてしまい、王城に戻ってくると父の傍らには義母がいた。すでにハイデマリーも生まれていた。

(……そういえば、古城にいたとき不思議な男の子が一緒に遊んでくれたっけ)

火事から助けてくれたのもその少年だ。

確かユーリアよりも四、五歳ほど年上で……とても格好よかったような気もするが、十年以上も前のことなので顔も思い出せない。

きっと近隣の村の少年だろう。年頃は合うにしても、あんなところに他国の王族がいるわけがない。

「ユーリア姫。私との結婚を、考えてもらえるだろうか」

黙り込むと、不安そうにイザークが顔を覗《のぞ》き込《こ》んだ。

「貴女を誰より大切にすると誓う。さっきの話だけでも、ここでの境遇は想像がついた。我が国に来たほうが、心置きなくのびのびと暮らせるはずだ。貴女を貶めるような発言はこの私がけっして許さない。乳母が心配なら一緒に連れて来てもかまわないぞ」

「それは……とてもありがたいお申し出なのですが……。父はハイデマリーをリーゼンフェルトに嫁がせたがっているのでは、と」

見合いを打診したとき、自分のことなど頭になかっただろう。

リーゼンフェルトは豊かな大国だ。広大な穀倉地帯を有し、大陸全土に穀物を輸出している。高地にあって穀類の育ちにくいヴォルケンシュタインも、リーゼンフェルトから小麦を輸入していた。

長く続いた戦争が終結した今、かの国と縁組しようと父が考えてもおかしくはない。

そうでなくとも大国の王妃の座につけるのならば、お気に入りのハイデマリーを選ぶのが自然というもの。

「ディルク王の考えはどうあれ、私が結婚したいのはユーリア姫、貴女なのだ」

きっぱりと言われ、真摯なまなざしに頬が赤らむ。

「返事はすぐでなくてもいい。私は講和会議が終わるまでこの城に滞在する。……そうだな、少なくともあと三週間は居ることになるだろう。その間にじっくり考えてくれ」

イザークはユーリアの手にキスすると、護衛の青年武官を従えて去っていった。

＊　＊　＊

「――どうでした？」

居室に戻ったイザークに青年武官が尋ねた。

彼は剣帯から長剣を外しながらニヤリとした。

「いいね。惚《ほ》れ直した」

剣を受け取った護衛官のマティアスは憮然《ぶぜん》と鼻息を洩らした。

「まぁ、確かにすごいほどの美人ではありましたが……」

「ところが本人は自分を醜女と言う」

マティアスは無表情に目を瞬いた。

「なんの厭味《いやみ》ですか、それ」

「そう思い込んでいるようなんだ。継母に相当苛《いじ》められてるらしい。実子を贔屓するのは仕方ないとしても度が過ぎる」

イザークは顎を撫《な》でながら呟いた。

「……もっと早く来るべきだったな」

「戦争中だったんだから仕方ないでしょう。たとえ縁組を申し入れたとしても中立国のヴォルケンシュタインとしてはどちらの側にも嫁がせられませんよ。そっちの陣営と見做《みな》されて面倒なことになる」

「まぁ、な。しかし、まさかここまでひどい扱いをされているとは思わなかったぞ。マティアス、おまえちょっと調べてくれないか？」

はぁ、と護衛官は溜め息をついた。

「断ればご自分で調べに行くんでしょ……。いいですよ、その代わり俺が留守のあいだは絶対に部屋から出ないでください。あと、何を出されても決して飲み食いしないように。いいですね？」

「はいはい、わかってるって」

長椅子で脚を組んだイザークがヒラヒラと手を振る。

護衛官は眉間を摘まんで嘆息すると、軍服の上にフード付きの黒いマントを巻きつけて部屋を出ていった。

イザークは長椅子から立ち上がると窓辺に座り、外を眺めながら何事か考え込んでいた。

＊　＊　＊

リーゼンフェルト国王に求婚されたことを報告すると、父王は憮然とした面持ちでしばし考え込んだ。

「……まぁ、よかろう。気に入られたほうがやりやすい」

意味がわからずとまどっていると、父王は鬱陶《うっとう》しげに手を振った。

「下がれ。イザーク王と引き合わせるときには使いを寄越《よこ》す。求婚されたからとて浮かれず部屋でおとなしくしているのだぞ。わかったな?」

「はい、お父様」

やはりハイデマリーをリーゼンフェルト王妃にしたかったのだわ……と少し寂しい気持ちになる。

だが、当事者のイザークが望んでいるのはユーリアなのだから、遠慮してハイデマリーに譲るのはかえって失礼だろう。

国王としての立場からすれば、ハイデマリーとユーリアにさしたる違いはない。どちらもヴォルケンシュタインの正式な王女だ。

ただ、ハイデマリーのほうが両親に愛されているというだけ。持参金の多寡には影響するかもしれないが、イザークが持参金目当てとも思われない。

戦争で荒れた村落を復興させるなら、中立国から迎える花嫁の持参金より敵対国からの賠償金を当てるのが筋だろう。

この戦争で勝ったのはリーゼンフェルトなのだから。

王妃の居室に戻ると即座に借り物のドレスをはぎ取られ、ユーリアは元の粗末なドレスを自分の手で身につけた。

見合いが上手《うま》く行ったことを知ったハイデマリーは癇癪《かんしゃく》を起こし、貸したドレスをびりびりに引き裂き始めた。

悔しがって泣きわめく娘に新しいドレスを四着作ってあげるからとなだめながら、王妃は奇妙な目付きでユーリアを流し見た。

ハイデマリーと違って王妃はイザークがユーリアを気に入ったことを侮辱とは受け取っていないらしい。それどころか、面白がってほくそ笑んでいるかのようだ。

「いい気にならないことね」

王妃は悪巧みをする魔女さながらに傲然《ごうぜん》とした笑みを浮かべ、顎をしゃくった。

女官がユーリアを邪険に追い出し、鼻先でぴしゃりと扉を閉める。

厭《いや》な気分でユーリアは歩きだした。

（……なんだか変だわ）

この『お見合い』は何かがおかしい。

何がどうおかしいのか、わからないけど……。

住まいである〈北の塔〉に戻ると、ユーリアは早速臥《ふ》せっている乳母の元を訪れた。

「まぁ、姫様。ずいぶん遅うございましたねぇ……。何かあったのではないかと心配していたんですよ。国王陛下のご用はなんだったのでございますか」

懸命に起き上がろうとする乳母を制し、ユーリアは足のがたつく椅子に腰を下ろした。

「あのね、ヒルダ。わたし……お見合いしてきたの」

「ええっ⁉」

びっくりしたヒルダが噎《む》せて咳《せ》き込み、慌ててユーリアは水差しから木のコップに水を注いで飲ませた。

「ああ、驚いた。……よかった、やはり国王陛下も姫様を気にかけておられたのですね」

「それはどうかわからないけど……」

正直に経緯を話すと、ヒルダは目を丸くして聞いていた。

「リーゼンフェルトの国王陛下ですか⁉　まぁ、まぁ、なんて素晴らしいお話でしょう……！

しかも王様は姫様のことをお気に召したのですね？」

「そうみたい。わたしを美しいと言ってくださったわ。もちろんお世辞でしょうけど」

「そんなことございません！　姫様はとてもお美しい方です。わたしも息子たちも、いつもそう申し上げているではありませんか」

「だから贔屓目よ。お義母《かあ》様はいつもわたしを醜いと仰《おっしゃ》るわ」

「それは姫様を嫌っておられるからですよ。ひどい悪口です。ハイデマリー様より姫様のほうがお美しいのが気に入らないのです」

「そうかしら」

「そうですとも」

ぜいぜいと喉を鳴らし、ぐったりと枕に沈み込んだ乳母の額を、ユーリアはそっと撫でた。

「ごめんなさい、ヒルダ。昂奮《こうふん》すると身体によくないわ。――すっかり遅くなってしまったわね。すぐに夕食を作ってくる」

「申し訳ございません、姫様。召使のわたしがすべきことですのに……」

「いいのよ。ゆっくり休んで早く元気になって」

ユーリアは厨房《ちゅうぼう》に下り、タマネギを剥《む》き始めた。

じわりと涙が浮かんできたのはタマネギのせいばかりではない。ヒルダの状態が日に日に悪くなっていることを実感させられたからだ。

心臓の具合がよくないようで、いつからかひどく疲れやすくなり、全身が冷えてだるさが取れなくなった。

次第に体力が落ち、今ではすっかり衰弱して起き上がって用を足すにも人手を借りなければならない。

昼間はユーリアが面倒を見て、夜はふたりの息子が交替で側についている。

もっと栄養のあるものを食べさせ、居心地のよい部屋で養生させてやりたいのだが、捨ておかれた王女に城の召使たちは冷たかった。

以前は気の毒がって親切にしてくれる人もいたのだが、そういう人たちはいつのまにかいなくなってしまう。

ユーリアに同情すれば王妃の不興を買って城から追い出されると知れ渡り、誰もがそっけなくなった。

ヒルダが元気なうちはがんばって食料も確保してくれたのだが、彼女が寝ついてしまってユーリアが代わりに行くようになると、半分近くまで減らされてしまった。

万事控え目なユーリアは意地の悪い厨房係にすっかり舐《な》められ、いいようにあしらわれている。自分でもそれはわかっているのだが、性格的に強気な交渉は難しい。

王宮警備隊に勤めるヒルダの息子たちは、警備隊の食堂や同僚たちから余り物をかき集めたりして差し入れてくれる。ありがたいが申し訳ない。

（イザーク様が本当にわたしを娶《めと》ってくださるおつもりなら……ヒルダだけじゃなく、フランツとダニエルも連れていっていいかお訊《き》きしてみよう）

ふたりとも腕は立つのに身分の低さから出世できないでいる。ユーリアが王女として並みの扱いを受けていれば、乳兄弟のふたりもそれなりに出世しているはずなのに。

（……わたしが醜いからよ）

だから父は自分を嫌って捨て置くのだ。

ずっとそうやって自分を納得させてきた。

でも……イザークが言うようにユーリアが本当は『美しい』のだとしたら。

父はなぜ自分を嫌うのだろう。自分の何が悪いというのか……。

「──姫様！　今日は卵とベーコンが手に入りましたよ」

フランツとダニエルが食料品の入った籠を手に厨房に駆け込んできて、ユーリアは慌てて涙をぬぐった。

「姫様……？　どうなさったんです？」

「な、なんでもないわ。タマネギが目に染みただけ」

「俺らがやりますよ」

ダニエルがユーリアに籠を渡し、代わって兄弟で器用にタマネギを刻み始める。

一緒に料理しながら見合いのことを話すと、ふたりもまた母親のヒルダ同様に驚いて、すっとんきょうな声を上げた。

「へぇえ、見合い⁉　あ～、そういや姫様も年頃ですもんねぇ。いや、遅いくらいか」

「こら、失礼だぞ」

兄のフランツにたしなめられ、ダニエルは頭を掻《か》いた。

「ごめんね、姫様」

「いいのよ。わたしもまさかお見合いさせられるなんて思ってもみなかったもの」

「で、お相手は？」

「それが……リーゼンフェルトの国王陛下なの」

「えぇぇ⁉」

「〈氷の覇王〉と恐れられる、あの……⁉」

「氷の覇王？」

きょとんとユーリアは乳兄弟を眺めた。そんなふうには見えなかったけど……。

「若いのに剛胆で冷徹で、どんなに戦況が悪かろうが取り乱すことがないんだって」

「いかなるときも冷静沈着、的確な指示を出して自軍を勝利に導いたことから、〈氷の覇王〉と呼ばれるようになったんです」

「すごいのね」

今更ながらユーリアは感心した。

「あの謎の客人は、リーゼンフェルト国王だったのか」

フランツが納得したように頷いた。

「講和会議が近いから、関係者じゃないかとは思っていたが……。そうか、見合いのために早めに来たんだな」

「でも、なんで身元を隠してたんだろ？」

ダニエルが首を傾げる。

「話が決まるまでは伏せておきたかったんじゃないか」

「なんで」

「うちは中立国だったろ。だから講和会議が開かれることになった。会議前に一方の側と縁談を進めているのが知られたら、そっち寄りだと疑われる」

「じゃあ、後にすればいいじゃん」

「会議の席でレゼリア王国から縁談話が出るかもしれない。新王はまだ独身だからな。先に唾をつけておこうと考えたんだろうよ。……おっと、すみません、姫様」

フランツが慌てて詫《わ》びる。

「ううん。今回の戦争を始めたのはレゼリア王国よね？」

「そうです。レゼリアの先王サイラスが、イザーク王の即位にあたってリーゼンフェルトの正統な王位継承権は自分にあると主張したのがいざこざの始まりです」

父王の不慮の死を受け、リーゼンフェルトの王太子だったイザークは十六歳で即位した。

しかしそれにレゼリアの老王サイラスが異を唱えたのだ。

リーゼンフェルトの王位は自分が継ぐべきだ、と。

百五十年ほど前、リーゼンフェルトの王女がレゼリアに嫁いだ。しかしその王統は後に子孫が絶えて断絶してしまい、最後の王の従兄弟が王位を継いだ。

それがイザークの祖父だ。

断絶した王統に連なる王女の子孫である自分のほうが正統だ、というのがサイラス王の主張だった。それに数か国が賛同し、イザーク王に味方する国々と戦争となった。

実際には王位の正統性ではなくリーゼンフェルトの領土が目的だった。

サイラス王の主張に賛同したというより、それにかこつけてリーゼンフェルトやその同盟国の領土をかすめ盗《と》ろうとしたのだ。

だが、その企ては失敗に終わった。

それまで特に目立つ功績もなく、経験のない青二才と見くびられていたイザークが、軍事政治両面において傑出した指導力の持ち主であることが、戦いを重ねるごとに明らかになったのだ。

そしていざこざの元凶であるサイラス王が頓死したことで、一気に終戦の機運が高まった。

後を継いだ王太子はそもそも戦争に反対していたため、父王が亡くなると即座にリーゼンフェルトへ使者を送り、停戦を申し入れた。

結局イザークは八年間で四度の大規模会戦と十回以上の小競り合いをすべて勝利で飾り、〈氷の覇王〉と畏怖される存在となった。

リーゼンフェルトの国力を殺《そ》ぐどころか、仕掛けた側は若い国王の威信をかえって高めてしまったのだ。

「そっか〜。それじゃあ陛下が縁組したがるのも当然だな」

頷いたダニエルが、興味津々の顔つきで尋ねる。

「で、どんな人だったの？　〈氷の覇王〉は」

「どんな、って……。とても礼儀正しい方だったわよ」

「美男子だった？」

「ええ、とても。背も高くて、威風堂々としていたわ。『氷』かどうかはさておき……『覇王』のほうはぴったりね」

「気に入ったみたいですね」

フランツにニヤッとされてユーリアは頬を染めた。

「それは……誰が見ても素敵な方だもの……」

「イザーク王も姫様を気に入ったんでしょう？」

「……たぶん。自分との結婚を考えてほしいって、仰ったから……」

「やった！」

ダニエルが嬉々《きき》としてバンザイする。

「もちろん承諾なさいますよね？　――姫様？」

浮かない顔つきを見て取って、フランツが不審そうに眉をひそめる。

「……いいのかしら」

「何がですか。イザーク王に何か怪しい点でも？」

「そんなことないわ。ただ、お父様はわたしではなく……ハイデマリーを嫁がせたがっていらっしゃるから」

兄弟は顔を見合わせた。

「そんなこと言ったって、なぁ」

「なぁ？」

「貰《もら》うほうが姫様がいいと言ってるんだ。仕方ないでしょう、それは」

「俺、姫様と一緒にリーゼンフェルトへ行きたいな。イザーク王に頼んでもらえませんか」

「おい、気が早すぎるぞ」

「いいわ、本当にお嫁に行くなら頼んでみる。イザーク様はヒルダを連れてきてもいいと仰ってくださったの。だから、よければあなたたちも一緒に来てほしい」

「もちろん、喜んでお供しますとも」

フランツは生真面目な顔で、ダニエルは満面の笑みを浮かべて、ふたりとも大きく頷いた。

「よかった。それじゃ、ヒルダに早く元気になってもらわないとね」

タマネギのスープに刻んだベーコンと溶き卵を加え、ユーリアはヒルダの元へ運んだ。

このところ三口も飲めばお腹《なか》いっぱいだと言いだすヒルダも、ユーリアの縁談がよほど嬉しかったのだろう。今日は小さなボゥル一杯のスープを飲み干した。

それからユーリアはイザークと三回会った。

会うたびにユーリアはイザークに惹かれていく自分に気付き、くすぐったいような新鮮な驚きを感じた。

会議に悪影響を及ぼさないため、イザークの滞在は秘密にされている。

賓客として丁重にもてなされているものの、見合い以外には部屋から出ることもなく、正体を知る者はごくわずかだ。

お忍びで訪問しているイザークは、護衛の武官ひとりしか部下を連れてきていない。

マティアスという名の青年武官は、いつも影のごとくイザークに付き従い、目を光らせている。

そんな彼も、主がユーリアと歓談するときはさすがに遠慮して離れているが、それでもけっして目を離すことはなかった。

イザークとはいつも中庭をそぞろ歩きながら話をした。響きの良いバリトンで、ゆったりと話す彼の様子がすごく好きだ。落ち着いて穏やかな気分になれる。

自由に出歩けなくて退屈ではないかと尋ねると、王城の図書室から借りた書物をじっくりと読み込んだり、居室でマティアスを相手に武術の稽古をしているという。

彼と会うのはとても楽しみだったが、気がかりなことがふたつばかりあった。

ひとつは王妃の態度だ。

王妃とはイザークとの面談の前後、着替えのときに必ず顔を合わせる。毎回ハイデマリーのドレスを借りるからだ。ハイデマリーが同席したのは最初のときだけだった。

イザークと何を話したのかしつこく尋ねられたが、ユーリアは当たり障りのないことだけを答えるようにしていた。

といっても別に国家機密にかかわるような話はされていないし、訊かれてもいない。好きなことは何かとか、趣味とか、そんな他愛《たあい》のないお喋《しゃべ》りでひととき過ごすだけだ。でもそれが楽しかった。何も言わずにただ寄り添っているだけで幸福感を覚える。彼に求婚されていることが、ただただ嬉しかった。

もうひとつの気がかりはヒルダの容態だ。

ユーリアが見合いしたことを喜んで食欲が戻ったのは一日だけだった。翌日からはふたたび体調が悪くなり、ひどく身体が冷えるとこぼした。

革袋に湯を詰めてベッドに入れたり、手をさすったりしてもさしたる効果はない。

やっと来てくれた宮廷医師は、とにかく全身が衰弱しているから滋養のあるものを食べさせ日光浴をさせるように、としか言わずにそそくさと帰ってしまった。

翌日また父王からの使いが来た。

弱っている乳母をひとりにするのは気が引けるが、呼び出されれば従うほかはない。

申し訳ないと思いつつ、イザークに会いたいという気持ちもつのる一方だった。

いっそ遠慮などかなぐり捨て、結婚を承諾してしまおうか。

そうすればユーリアはリーゼンフェルト国王の婚約者という立場になり、父王も今のように捨ておいてはいられなくなる。

あるいは直接イザークに窮状を訴えるか。

嫁入りに乳母を伴ってもいいと鷹揚に言ってくれた彼のことだ、きっと待遇改善を申し入れてくれるだろう。

恥をかかされたと父は怒るかもしれないが、このままでは手遅れになってしまう。

そんなことを考えながら王妃の部屋に行くと、義母と並んで父王が待ち構えていた。

「ずいぶん気に入られたようだな」

嘲るように言われ、ユーリアはおずおずと頷いた。

「光栄にも……」

「イザーク王からも再三申し入れられている。講和会議が終わったらそのままおまえをリーゼンフェルトへ連れて行きたいそうだ」

それはユーリアも直接彼から聞いた。

「返事はしたのか?」

「はっきりとは、まだ……」

「いいぞ。焦らされれば焦らされるほど、ますますその気になる」

(そんなつもりではなかったのだけど)

ユーリアは困惑した。

父がもともとハイデマリーを嫁がせたがっていたことを考えると、なんとなく気が引けてしまい、返事は会議が終わってからでいいというイザークの言葉にも甘えてしまった。

父の顔つきはさほど不機嫌そうではない。父親としての情よりも為政者としての計算が勝ったのだろうか。

とにかくリーゼンフェルトと縁続きになれればいい、と。

(だったらお返事してしまってもいいかしら)

ユーリアが安堵《あんど》すると同時に、父が無造作に言った。

「そろそろいい頃合いだ。奴《やつ》には消えてもらおう」

「………えっ？」

見合いを命じられたときよりもさらに唖然となってユーリアは父王を見返した。

「ユーリアよ。ひそかに奴をおびき出すのだ。必ずひとりで来るように、と言ってな」

「ど、どうしてそんなこと」

「あの武官が邪魔なのだ。四六時中側に張りついている上に毒味役までしおる。イザーク王もさすがに用心深く、剣を手放そうとはしない。見合い話に乗ってノコノコ現われたかと思いきや……さすがに〈氷の覇王〉と呼ばれるだけのことはある。道中、山賊を装って襲わせた者どもの報告によれば、武官はもとよりイザーク王自身も相当な使い手らしい」

「襲わせた……!? な、何故《なぜ》ですか、ハイデマリーとのお見合いは――」

ディルク王は鼻で嗤《わら》った。

「フン、見合い話などただの餌だ。奴をおびき寄せるための、な。奴に講和会議に出席されては困るのだよ。我が国に有利に話を進めるためには」

「ヴォルケンシュタインは中立だったはずです！　だから講和会議の議長に――」

「おまえごときに政略がわかるものか。黙って命令に従っておればよい」

一喝したディルク王は、にぃと野卑《やひ》な笑みを浮かべた。

「……どうするおつもりですか」

「イザーク王には会議を欠席してもらう。内密の見合いという名目で開催日よりも早く来るように図ったのだ。本来ならばハイデマリーが上手く取り入って、すぐにも奴を閉じ込める算段だったのだが……どういうわけか奴はおまえのことを知っていて、ユーリア姫が見合い相手でないなら一旦帰国すると言い張った。それでやむを得ずおまえに相手をさせて様子を窺《うかが》っていたのだ」

尊大に言い放つ夫の隣で王妃のパウリーネがくすくすと忍び笑う。

最初から彼女は知っていたのだ。見合い話が芝居であることを。だからあんな奇妙な目付きで眺めていた。

　何も知らないユーリアを心の内でせせら笑いながら。

「会議の開催日も迫ってきた。だが奴はおまえと会うとき以外、部屋から出ようとしない。食事も飲み物も護衛が毒味した後でしか口にしない。隙をついて襲うにしても、ふたりとも相当の手練ゆえ大騒ぎになっても困る。どこに各国の間諜《スパイ》がもぐり込んでいるかもしれぬからな。しかし奴はおまえに心底惚れているようだ。おまえが頼めば単身やって来るはず」

　ユーリアは真っ青になった。

「い、いやです。イザーク様を罠《わな》にかけるなんて……そんなことできません！」

「ならば乳母を殺す」

　父王の目がぎらりと光る。

「……っ」

「乳兄弟も殺すぞ。確かふたりとも王宮警備隊にいたな？　盗みを働いたとか、不名誉な罪を着せて縛り首にしてやろうか」

「や、やめてくださいっ」

「乳母はすでに寝込んでいるんだったなぁ。放っておいてもどうせ長くはもつまいが……」

　父王がぞんざいに手を振ると、控えていた侍従が進み出た。鋲《びょう》打ちされた木製の小箱を両手でうやうやしく捧《ささ》げ持《も》っている。

侍従はユーリアに歩み寄ると蓋を開けて中を示した。

小箱の内部は深紅の天鵞絨張りになっており、植物の根を乾燥させたものらしき奇妙な物体が十本ほど収められていた。

濃い紫色をしたニンジンみたいだが、いくつにも枝分かれしているのがなんとなく不気味だった。苦いような泥臭いような、独特の薬臭さがかすかに漂う。

「これって……」

「〈マンデヴィルの根〉だ」

「やっぱり……！」

ユーリアも〈マンデヴィルの根〉のことは知っていた。古来、不老長寿の妙薬とされる貴重な薬草だ。

主に山奥の日当たりの悪い湿った谷間に自生し、人の手では栽培ができないため、破格の値段で取引されている。

山がちなヴォルケンシュタインは〈マンデヴィルの根〉の産地で、これを各国の王侯貴族に高値で売りつけて大きな収入源としている。

ほとんどが輸出に回されるため、産地であるにもかかわらず庶民の手には入りにくい。最上等のものは輸出せず、王家が保有している。

紫色の花や黒っぽい葉にも効能はあるが、とりわけ根の部分に薬効がある。成長するにつれて枝分かれし、支根が五～六本のものが最高品質とされる。

小箱に入っているものはすべて根が五つに分かれていた。

ユーリアは本で見た〈マンデヴィルの根〉について宮廷医師に尋ねてみたことがあった。せめて葉っぱだけでも手に入らないかと思ったのだが、それでも相当の高値を告げられた。

現金といえば銀貨がほんの数枚だけ。宝石も、母の持ち物は当然のごとく義母に取り上げられて喪服用の黒玉《ジェット》しか残っていない。衣服は半年ごとに異母妹のお古がお情けのように下げ渡され、それを直して使っている。

少しでもヒルダが回復してくれればと願い、手持ちの銀貨をすべて宮廷医師に渡したのだが、乾燥した葉っぱが数枚と、小指の先ほどの根っこの切れ端を渡されただけだった。

確かに効き目はあった。服用している間ヒルダは顔色がよくなり、手足も冷えなくなった。だが、絶対的に量が足りない。

医学書によれば少なくとも三か月は続けなければ根本的な回復にはつながらないという。意を決して父王に頼みに行ったが、平民の乳母ごときに貴重な薬草を使わせられるかと怒鳴られただけだった。

ヒルダは騎士階級出身だと訴えても無駄だった。

そのことを父は覚えていたのだろう。すげなく追い返しておきながら、今になって恩きせがましく持ち出してくるなんて……。

「儂《わし》の言うとおりにすればこれを全部おまえにくれてやろう。見てのとおり最高級品だぞ。これだけあれば一年はもつ。乳母も元気になるはずだ」

「一本で金貨十枚はするのですよ。それを十本も！」

大仰にパウリーネ王妃が溜め息をついてみせる。

フランツとダニエルの給金はそれぞれ月に銀貨十二枚だ。銀貨二十五枚で金貨一枚と交換できるから、ふたりの一か月分の給金を合わせても金貨一枚に満たない。

〈マンデヴィルの根〉を一本買うだけでふたりの給金一年分近くが吹き飛んでしまう。

（でも……イザーク様の信頼を裏切るなんて……）

葛藤するユーリアに、ディルク王は猫なで声をかけた。

「悪い話ではなかろう？　何も命を取ろうというのではない。講和会議に出てほしくないだけなのだ」

「でも……イザーク様が出席なさらなければ他の国々が不審を抱くはずです。リーゼンフェルト本国や同盟国の方々が――」

「イザーク王がすでにヴォルケンシュタインに来ていることは誰も知らぬ。見合いはあくまで内密の話だからな」

「一国の君主が国を離れたことを家臣たちが知らないなんて、そんなことありえませ――」

「うるさいっ」

業を煮やしたようにディルク王が怒鳴り、びくりとユーリアは身を縮めた。

「ぐだぐだぬかすなら今すぐ乳母と乳兄弟どもを反逆罪で吊るしてやるぞ⁉」

「そんなっ……」

「落ち着きなさい。陛下が仰ったでしょう？　命を取るわけではない、と」

パウリーネが夫を制し、親切ごかしに語りかけた。

「会議が終わるまで辛抱していただくだけよ。そうですわね、陛下？」

「そうとも」

ディルク王が奇妙な含み笑いをする。

安堵するどころか、ますますユーリアの疑惑は強まった。

「……イザーク様抜きで会議が進むとは思えません。第一の当事者なのに」

「滞りなく進むさ。すでに手は打ってある。奴は『病欠』だ。最初からそう決まっていたんだよ」

「どういうことですか……⁉」

「陛下の言うとおりになさい、ユーリア。そうすれば大事な乳母が元気になるのよ？　そうだわ、乳兄弟のお給金も上げてあげる。出世もさせてあげましょう。あなたの住まいも手を入れて、召使も増員してあげるわ。新しいドレスや靴も作ってあげる」

ぺらぺらとパウリーネの口から『あげる』『あげる』と気前のよい言葉が飛び出してくる。

なんという大盤振る舞い。

しかしすべて口約束だからこそということがユーリアにはわかっていた。

これまでに何度となく義母は口約束でユーリアに期待させ、期待が裏切られてがっかりする様を見ては楽しんでいたのだから。

いくらユーリアが素直な気性でも、何度も同じ目に遭えば学習する。今言ったことを絶対に義母は実行しない。

だが、言うことを聞かなければ必ず乳母と乳兄弟は殺される。

言うとおりにすれば……少なくとも父は約束したことを守ってくれるかもしれない。

「……本当に閉じ込めるだけですか？　イザーク様を殺さないと約束してくれますか」

「ああ、約束しよう」

「会議が終われば解放するのですね？」

「そうだ。奴にまだその気があれば、おまえを嫁にくれてやってもいいぞ」

ディルク王は嘲笑した。

そんなことありえないとユーリアは心の内で苦く呟いた。

裏切ったユーリアをイザークが許すはずないではないか。乳母と乳兄弟を助けるためとはいえ、信頼につけ込んで罠に嵌《は》めたユーリアを憎み、軽蔑するはずだ。

「どのような計略をたてていらっしゃるのか存じませんが……そんなことをすればリーゼンフ

エルトとの関係は確実に悪化します。それでもいいのですか？　穀物が輸入できなくなったら民が飢えて――」

「そのような政治判断はおまえがすることではない。言われたとおりにすればいいと何度言ったらわかるのだ⁉」

ディルク王は苛立《いらだ》って床に靴のかかとを打ちつけた。

「これ以上逆らうなら〈マンデヴィルの根〉はやらんぞ。娘と思えばこそ特別の計らいをしてやったというのに。今すぐ乳母と乳兄弟どもを引っ捕らえて牢《ろう》にぶち込んでやる！」

「待って！　……わ、わかり、ました……。お父様の仰るとおりに……いたします……」

「それでよい」

尊大にディルク王は頷いた。

「なるべく深刻そうな顔をして、奴に相談事をもちかけるのだ。周りを気にしているふうを装って、後でふたりだけで話したいと言え。……そうだな、〈北の塔〉に来てくれるよう頼むといい。あそこなら居館から離れているし、多少騒ぎになっても目立たない」

意を受けて王妃が頷く。

「さぁ、着替えるのよ。イザーク王がお待ちだわ」

王妃の指示で女官たちがユーリアを取り囲んだ。

隣室で豪華なドレスを着せられながら、ユーリアは必死に考えていた。

何か、警告と受け取ってもらえそうな巧《うま》い言い回しはないだろうか。

いや……それでイザークが警戒すれば、見張っている侍従や女官たちに気付かれてしまうかもしれない。

特に女官はいつも近くにいて、耳をそばだてている。未婚女性とふたりきりになるのはまずいということはイザークもわかっているから、鬱陶しくても遠ざけられないのだ。

彼があまり立ち入った話をしないのは、女官に聞き耳を立てられることを警戒してのことかもしれなかった。

だが今回は逆に、ユーリアが命令どおりにしなかったり、疑いを招くようなことを口にしたりすれば、女官たちは即座にそれを王と王妃に報告するだろう。

そうなればヒルダたちの命はない……。

着替えを済ませて小広間に入っていくと、笑顔で迎えたイザークが眉をひそめた。

「どうされた？　やけに顔色が悪いが」

「いえ……」

かぶりを振り、無理に微笑んでみせると、イザークはいつものように庭に出ようと誘った。

腕に手を添え、ゆっくりと歩く。今まではそれだけで楽しかったのに、今日は一歩ごとに足裏に針が突き刺さるような心持ちだった。

「何か心配事でも？」

「……乳母の具合が……よくなくて……」

「それは心配だな」

眉根を寄せて彼は頷いた。母を早くに亡くし、乳母が母代わりだったことはすでに伝えてある。

「医者はなんと言っている?」

「……とにかく身体が弱っているからゆっくり休め、としか」

「重い病気ではないのだな?」

「違うようです。血の巡りが悪いみたいで。手足を温めてみたりはしているのですが」

そうか……と考え込んだイザークが、ふと顔を上げる。

「確か、ヴォルケンシュタインには特産の薬草があったのではないか? 紫色の、細いニンジンのような形をした」

ぎくりとユーリアは肩をすくめた。

「あ……〈マンデヴィルの根〉のことですね……」

「そうそう、それだ。昔、私の母も呑《の》んでいた。弟を産んだ後、身体がひどく冷えるようになってな。父がヴォルケンシュタインから取り寄せたのだ。よく効くと喜んでいたぞ。あいにく父と一緒に事故で逝ってしまったが」

「そうでしたか……」

「乳母には〈マンデヴィルの根〉を飲ませていないのか？」

「高価なものですし、ほとんどが輸出用で……国内ではかえって手に入りにくいのです」

「皮肉だな。しかし、国王ならば確保していそうだが」

彼はふと黙り込み、重々しく頷いた。

「乳母ごときにはやれぬ……ということか」

「……はい」

イザークは溜め息をついた。

「やはり、乳母を連れて我が国へ嫁いでくるのがよい。母の〈マンデヴィルの根〉が残っているはずだし、必要ならいくらでも取り寄せる。私は十六で母を亡くした。そのとき弟はまだ二歳でな……。だからその分まで妻の母代わりは大切にしてやりたい」

「あ……りがとう……ございます……」

嗚咽《おえつ》をこらえ、漸《ようよ》うユーリアは呟いた。

（どうしよう。こんなに優しい方を……わたしは裏切ろうとしている……）

「心配するな。とりあえずディルク王に交渉して〈マンデヴィルの根〉をひとつ売ってもらおう。輸出するのと同じ値段にいくらか上乗せすれば、売ってくれるはずだ。いくら吝《しわ》い御方《おかた》でも」

冗談ぽく気遣われて曖昧に微笑みながら、ますます罪悪感が増していく。

イザークはきっとすぐにも父と交渉してくれるだろう。

それで父が〈マンデヴィルの根〉を譲ってくれたとしても……ユーリアが命令どおりにしなければどのみちヒルダの命はない。

(……ごめんなさい、イザーク様)

「あの……。実は、そのことで……お願いが……」

「なんだ？　遠慮なく言ってくれ」

「ヒルダは、その……もうすっかり諦めてしまったみたいで……。わたしが何を言ってもだめなんです。それで……もしできればイザーク様に、ヒルダを励ましてもらえないかと……」

「そんなことか。もちろんいいとも。造作もない。なんなら今すぐにでも行くぞ」

「い、いえ、今はちょっと……」

慌ててユーリアは背後の女官にちらと目を遣《や》り、声をひそめた。

「お察しのとおり、わたしは義母に嫌われています。今回のお見合いの件でも、義母はひどく腹を立てて……。ハイデマリーのことを、それはかわいがっていますから」

「ハイデマリー王女に興味はない」

イザークはきっぱりと言い切った。

「見合い相手は貴女だと思ったからこそ、渋るマティアスを説き伏せてお忍びでやって来たのだ」

なぜそこまで自分にこだわるのか腑《ふ》に落ちないが、今はそんなことを探っている場合ではない。

理由を知るのが怖くもあった。

もしかしたらイザークは勘違いか人違いをしているのかもしれないではないか。

そうであれば彼に恋心を抱いてしまった今となっては、誤りだったと知るのはつらすぎる。

「と、とにかく義母はわたしを監視していて、わたしの住まいは、そのぅ……かなり粗末なものですから。それをイザーク様に見られると恥を掻かされたとひどく立腹して……ヒルダに当たるのではないかと」

「ずいぶんな八つ当たりだな。継子いじめをしているのは自分だろうに」

呆《あき》れたようにイザークは肩をすくめた。

今のは言い訳だが、義母ならやりかねない。

数年前、王妃がヒルダを扇で打擲《ちょうちゃく》している場面に出くわしたことがある。

パウリーネは慌てて止めに入ったユーリアを突き飛ばし、扇が壊れてバラバラになるまでヒルダを叩《たた》き続けた。

ヒルダは理由を言わなかったが、後になって使用人たちのお喋りから、どうやらヒルダがユーリアのことを誰より美しい王女様だと自慢していたのが王妃の耳に入り、不興を買ったらしいことがわかった。

王妃はヒルダにユーリアよりもハイデマリーのほうが美しいと言わせようとしたが、頑として従わなかったため激怒して叩いたのだ。

それ以来、ユーリアは自分を醜いと思うことにした。ヒルダや乳兄弟たちからの褒め言葉も一切受け取らなくなった。

醜いから父親にも義母にも嫌われるのだと思ったほうが、ずっと気が楽だったから……。

(……イザーク様はわたしを美しいと言ってくださったのに)

城の誰もがちやほやするハイデマリーには見向きもせず、まっすぐにユーリアを見つめて求婚してくれた。

——ごめんなさい。

どんな罰でもきっと受けます。

でも——。

やらなければヒルダが殺されてしまう。フランツとダニエルも。わたしの大切な家族が……。

「……人目にたたないよう、日が暮れてから来ていただけませんか?」

「そのほうがよければそうしよう」

疑う様子もなくイザークが頷き、ユーリアは罪悪感で胸が痛くなった。

「できれば……おひとりで」

「わかった。では夕食後、窓からこっそり抜け出すとしよう。だが貴女のところへはどうやって行けばいい？」

「……わたしが迎えに参ります。滞在なさっているお部屋は先日伺いましたから」

イザークは頷き、そっとユーリアの手を握った。

「心配するな。貴女を幸せにすると目の前で誓えば安心するだろう。そうすれば気力も回復するはずだ」

「はい……」

頷くと、どうしようもなく涙が込み上げてくる。ユーリアは唇をぎゅっと引き結んでうつむいた。

震える肩を遠慮がちにイザークが撫でる。

「大丈夫だ、きっと助かるから」

無言で頷く。

彼の思いやりが苦しい。嘘《うそ》をついて陥れようとしているのに。

ごめんなさい。

ごめんなさい。

ごめんなさい……！

ユーリアは心の中で彼にずっと詫び続けた。

＊　＊　＊

「どうかしたんですか？」

マティアスに問われ、イザークはむっつりと眉根を寄せた。

「ユーリア姫の様子がおかしい」

話を聞いたマティアスはあっさりと言った。

「罠でしょう、それは」

「そうだろうか」

「そうに決まってますよ！」

息巻くマティアスを制し、イザークは顔をしかめた。

「しかしなぁ。ユーリア姫が進んでそんなことをするとは思えない。きっと乳母のことで脅されてるんだ」

「どうでしょうね。最初から罠に嵌める気だったのかもしれません」

「ハイデマリー王女ならわかるが……俺がユーリア姫と見合いしたいと言ったとき、ディルク王は困った顔をしてただろう？」

「だからって陰謀に加担していない証拠にはなりませんよ。冷遇されてるのだって嘘かもしれないし」

「住まいは廃屋同然だと言ったのはおまえじゃないか。それに、手が荒れてた」

「手？」

「指先が赤くなって逆むけができてた。水仕事で荒れたんだろう。乳母が寝込んだので自分で炊事をしていると洩らしてたからな。すぐに気付いて誤魔化《ごまか》してたが」

「他に召使はいないんですか？　仮にも王女でしょ」

「いないらしい。仮にも王女なのに」

はぁ、とマティアスはさらにげんなりと溜め息をついた。

「やれやれ……。ますます使命感に燃えちゃいましたね」

「ディルク王の魂胆は大体察しがつく。俺を講和会議に出席させず、レゼリアとその同盟国に有利な条件を誘導することで報酬を得るつもりだろう」

「さらにこちら側からも……ですね」

きらりとマティアスの瞳が不穏な光を発する。

「最初から漁夫の利を狙った中立だったわけだ。まぁ、そんなことだろうとは思ったが」

「わかってたなら、なんでこんな怪しげな縁談に応じたんですか」

「ユーリア姫を嫁にできるならいいかと思ったんだよ。実際に会ったらすぐにも結婚したくなったぞ。見とれるほどの美人だし、楚々《そそ》として上品だ。はにかんだ笑い方が特にかわいい。それとあれだ、俺が近目なのではないかと顔を近づけてみたり、遠目だと言えば離れてみたりするのも挙動不審でかわいかったな！」

「『挙動不審』と『かわいい』が俺には結びつかないんですが」

「警戒するオコジョみたいでかわいいじゃないか」

「オコジョは気性の荒い肉食獣です」

「俺は見た目を言ってるんだ、見た目！」

「だから見た目はかわいいけど凶暴かもしれないじゃないかってことです」

「それはハイデマリー王女のほうだ。癇癪を起こしてドレスを引き裂いたって、グリゼルダ姫が言ってたんだろう？」

グリゼルダは南方の海洋国であるファルネティ公国の公女だ。ヴォルケンシュタインとは古い姻戚関係にあり、パウリーネ王妃のもとで行儀見習いをしている。

彼女はイザークの友人の婚約者で、ヴォルケンシュタインへ向かう途中にリーゼンフェルトの王宮に立ち寄って数日滞在したためマティアスとも面識があった。

「グリゼルダ姫には、パウリーネ王妃のことは見習わないでほしいですねぇ」

「影響受けてそうか？」

「そんなことはありませんが……。以前と変わらず、過度なくらいおとなしくて内気な方でしたよ。ちょっと立ち話をしただけですけどね」

「それならいい。――とにかく今夜ユーリア姫の乳母に会ってくる。彼女の言葉が本当か嘘か確かめるためにもな」

「嘘とは思ってないんでしょ」

「疑《うたぐ》り深《ぶか》いおまえのためにも確かめるんだよ。だから先に行ってろ」

「何故ですか」

「ひとりで行くって約束したんだよ。おまえとは別行動だ」

マティアスは渋い顔で主を睨んだ。

「俺はあなたの護衛役なんですがね。こんな伏魔殿ではなおさら離れるわけにはいきません」

「だから先に行って怪しい動きがないかどうか見張ってろと言ってる。ユーリア姫の居館は〈北の塔〉にあるんだったな？」

「北側にある古い城壁塔です。城の中心部から離れているし、通り道にもなっていないから近付く人もいません。おびき出すには絶好の場所ですね」

皮肉られてもイザークは意に介さない。

「そう簡単にはやられないさ。おまえのことだ、すでに退路も把握してるんだろう？」

「当然です」

「おまえは本当に頼りになるよな」

「おだてるくらいなら自粛してくださいよ」

悠然と笑う主を、苦労の絶えない護衛官は憮然と睨んだ。

＊　＊　＊

ユーリアは不安と迷いに押しつぶされそうな心持ちで闇の中に立っていた。

手にしたランタンがぼんやりと周囲を照らしている。

しばらくすると闇の中からひたひたと足音が聞こえてきて、一気に緊張が高まる。

「……ユーリア姫か?」

イザークの囁《ささや》き声に、ホッとユーリアは肩を落とした。やがてランタンの投げかける薄暗い明かりのなかに長身の人影が滑り込んでくる。

「待たせたか?」

「いいえ。……すみません、勝手なお願いを聞いていただいて」

「気にするな。さぁ、行こう」

頷いてユーリアは歩きだした。

城内のどこからか音楽が聞こえてくる。宮廷楽士が奏でているのだろう。

「乳母どのの具合はどうだ?」

「はい。少しはいいようです」

ヒルダには早速〈マンデヴィルの根〉を煮出したお茶を飲ませた。

実は面談から戻って首尾を報告すると、褒美を渡すのは事が済んでからにしようと王妃は言い出したのだった。

父王がそれに賛同しそうになったので、今ここでもらえないなら協力しないとユーリアはきっぱり宣言した。

あとになれば絶対に反故《ほご》にされる。王妃は自分たちの贅沢にかかる費用は惜しまないが、それ以外は極端な締まり屋だ。

輸出の目玉でもある貴重な薬草の、それも最高級品を、一本たりとも憎い継子に譲りたくないというのが本音だろう。

たとえ父には褒美を取らせる気があったとしても、妃に言いくるめられればあっさり意を翻すに決まっている。

王妃は腹を立て、脅したりすかしたりしたが、頑としてユーリアは引き下がらなかった。

今ここで〈マンデヴィルの根〉を箱ごともらえないなら言うことはきかないと、王妃をまっすぐ見据えて言い放った。

激昂《げっこう》した王妃は瞳に紫の焔《ほのお》を燃え立たせ、ユーリアに平手を食らわそうと息巻いた。

慌ててディルク王が割って入り、妃をなだめながらユーリアにそれを持ってとっとと出て行けと怒鳴った。

ユーリアは呆気《あっけ》にとられて突っ立っている侍従の手から〈マンデヴィルの根〉の入った箱を

奪い取り、胸に抱えて〈北の塔〉に駆け戻ったのだった。

早速、根を細かく刻んで煮出し、ヒルダに飲ませた。ヒルダには、見合いがうまく行った褒美にもらったのだと説明した。

根は一本だけ手許《てもと》に置き、残りはフランツとダニエルに頼んで隠してもらった。ここに置いておけばいつなんどき王妃の手の者が忍び込んで奪っていくかもしれない。

手許に残したものも、絹布に包んで胸元に隠してある。

「明日、〈マンデヴィルの根〉を売ってくれるようディルク王に掛け合ってみる。だめだとは言わないはずだ」

イザークの言葉に小さくユーリアは頷いた。

月のない暗い夜。ランタンの明かりを頼りに、建物と建物の間の細い通路をぬけてゆく。

子どもの頃に探検気分であちこち歩き回ったので城内の配置図は頭に入っている。

義母はユーリアが気ままに出歩くのを嫌い、見つけ次第〈北の塔〉に連れ戻すよう衛兵に命じていた。

ユーリアは衛兵があまり通らない場所を探し、見つからないよう探検を楽しんだ。

初めはフランツとダニエルも一緒だったが、ふたりが警備隊で見習いをするようになるとひとりで探検して回った。

抜け道を探したり、使われていない塔に上ってみたり楽しく遊んでいたのだが、ある日、古い塔の階段が崩れて、滑り落ちてしまった。

足をひきずって帰って来たユーリアにヒルダは仰天し、以来、探検は禁止となった。

昔のことがやけに思い出され、ユーリアはきゅっと唇を噛んだ。

と、敷石のでっぱりに躓《つまず》いてしまう。

「あっ……」

「大丈夫か」

さっと腕を掴んで支えられ、ホッとしてユーリアは頷いた。

「私が持とう」

イザークがランタンを手にし、彼の腕に掴まってふたたび歩きだす。

自分が粗末な身なりであることを今更ながら思い出し、急に羞恥心が湧いた。

「ユーリア姫」

「は、はい」

「すまない」

「えっ……何がですか」

「もっと早く貴女を救い出しに来るべきだった」

真摯な低声にユーリアは絶句した。

「戦争中だったとはいえ、この窮状がわかっていれば何か手段を講じられたのではないかと……悔やまれてならない」

「そんな……」

「すまない」

胸を衝《つ》かれてユーリアは足を止めた。そこからはもう〈北の塔〉は目と鼻の先だ。

（――だめ。こんなことすべきじゃない）

ユーリアは行く手を遮るようにイザークの前に立った。

「どうした？」

「帰って。今すぐお国へ戻ってください」

「何を言ってる」

「だめなの。ここは危険なんです。父はイザーク様を会議に――」

「陛下！」

鋭い男の声が闇に響く。

ハッとしたイザークは振り向きざまに剣を抜き放った。背後から忍び寄った人影が一撃を受けて倒れる。

それを合図に兵士の一団が暗がりから現われる。同時にマティアスが飛び込んできてぴたりと背後につく。

「すみません。囲まれて出るに出られず」

「仕方がないさ、敵陣の只中《ただなか》だからな」

イザークは軽口で応じると、立ちすくんでいるユーリアにランタンを差し出した。

「これを持って離れていてくれ。間違って襲われると困る」

「で、でも」

「話は後だ」

ユーリアはこくんと頷き、ランタンを受け取って下がった。

ふたりの戦いぶりは凄《すさ》まじかった。護衛官の腕が立つのは当然として、国王であるイザークの伎倆《ぎりょう》も彼に勝るとも劣らない。

大軍を動かす司令官として優秀なばかりでなく、個人としても優れた剣士なのだ。

他国は八年にわたる戦争で何度となくその実力を見せつけられ、ついに引き下がらざるを得なくなった。

イザークとマティアスは襲いかかる兵士を次々に斬り伏せていった。

暗いのではっきりしないが、近衛兵《このえへい》のようだ。おそらく国王直属の親衛隊だろう。

フランツとダニエルが所属する王宮警備隊でなかったことにユーリアは安堵した。

と、その瞬間。背後から伸びた腕に締め上げられ、ユーリアはランタンを取り落とした。

「剣を捨てろ！」

耳元で聞こえた野太い怒鳴り声。それは――。

振り向いたイザークは驚愕《きょうがく》に目を見開いた。

じりじりとユーリアの喉元を圧迫しながらディルク王がふてぶてしい嗤笑《ししょう》を浮かべた。

「剣を捨てるのだ。さもないとユーリアの命はないぞ」

「自分の娘を人質にするのか。外道めが」

「娘だからこそ、父であるこの儂が生殺与奪の権利を握っているのだ」

「……呆れた下種野郎だな」

嫌悪に顔をゆがめてイザークが吐き捨てる。

「なんとでも言え。さっさと剣を捨てないと、貴様の気に入ったこの顔に大きな傷痕が残ることになるぞ」

頬に短剣を突きつけられ、ひゅっとユーリアは息をのんだ。

「お、お父様……」

「裏切った罰だ。つくづく聞き分けのない娘よ」

ちくりと短剣の切っ先が頬に刺さり、反射的にぎゅっと目をつぶる。

イザークが憤怒の叫びを上げた。

「やめろ！　捨てればいいんだろう」

ガラン、と石畳に金属音が反響し、ユーリアは目を見開いた。イザークが両手を上げ、こちらを睨んでいる。

「いけません、陛下！」

悲鳴じみたマティアスの声。

「おまえも捨てろ」

「ですがっ……」

「命令だ、マティアス」

静かな声音に護衛官はぐっと詰まり、しぶしぶと剣を石畳に置いた。

ディルク王が哄笑《こうしょう》を上げた。

「ふはは、甘っちょろい男だ。何が〈氷の覇王〉だ、聞いて呆れるわ」

「自称したわけではないのでな」

平然と応じるイザークをディルク王は憎々しげに睨みつける。

「そやつを捕縛せよ。武官には用はない。殺せ」

拘束がわずかにゆるんだ瞬間、ユーリアは思いっきり父王に肘鉄を食らわせた。怯《ひる》んだ隙に短剣を奪い取り、自らの喉に突きつける。

「離れて！　イザーク様たちに指一本でも触れたら喉を突きます！」

「やめるんだ、ユーリア姫！　そんなもの持ったら危ない」

「イザーク様にご迷惑をかけるくらいなら死にますっ」

「馬鹿なことを言うんじゃない、貴女に死なれては困る」

全員の視線がユーリアに集まったその瞬間、イザークは捨てた剣をマティアスに向かって蹴り飛ばした。

自分の剣と同時にそれを拾い上げたマティアスは、ちらとイザークを見やるとくるりと背を向け、両手で剣を振るいながら全速力で走り出した。

追え！　と怒鳴ったディルク王にイザークが体当たりする。

虚を衝かれた王を押し倒すと、イザークは馬乗りになって殴り始めた。

国王の危機に兵士の半分が慌てて引き返してくる。

兵士たちが群がり寄ってイザークを引き剥《は》がす。

鼻血を垂らしながらよろよろと立ち上がった国王は、蒼白《そうはく》になって青ざめているユーリアに飛び掛かると有無を言わさず拳を振るった。

兵士たちに押さえ込まれながらイザークが憤怒の叫びを上げる。ユーリアの身体はもんどり打って倒れ、弧を描いて飛んだ短剣がカランと石畳に跳ね返った。

「ユーリア!!」

イザークの叫び声を最後に、ユーリアの意識は真っ黒に塗りつぶされた。

「――姫様？　よかった、目が覚めた」

ダニエルのホッとした声が聞こえてくる。

ユーリアはぼんやりと視線をさまよわせた。窓の外はもう明るい。気を失っているうちに夜が明けていた。

「姫様、大丈夫ですか？　頭痛くない？」

「ダニエル、母さんに知らせてこい。心配してるから」

「う、うん」

兄に言われ、ダニエルが後ろ髪を引かれる風情で部屋を出て行く。

代わって椅子に腰掛けたフランツを、ユーリアはぼんやり眺めた。

「……イザーク様は？」

「わかりません。俺たち宿舎で寝てたところをいきなり叩き起こされて、姫様の手当てをしろって言われて……。取るものもとりあえず駆けつけてきたんですよ」

王宮警備隊の宿舎は城の反対側にあるから騒ぎは聞こえなかったはずだ。〈北の塔〉におびき出せと父が命じたのは、そこがユーリアの住居である以上に、警備隊に気付かれにくい場所だと考えたからかもしれない。

「姫様、何があったんですか。転んで頭をぶつけたと聞きましたが、目許のそれ……殴られたんじゃないですか？　まさかとは思いますが、リーゼンフェルトの——」

「違うわ。殴ったのはお父様よ。……わたしが……逆らったから……」

「何があったんです」

　黙り込むユーリアに、フランツは溜め息をついた。

「さっき見たら石畳に血の流れた跡がありました。母も夜中に剣戟《けんげき》の音や恐ろしい叫び声を聞いたと言っています。ここで戦闘があったことはわかりますが……リーゼンフェルトの国王陛下に何かあったんですか？」

「……知らないほうがいいわ」

「ですが、姫様」

「お願い、何も聞かないで。お願い」

「わかりました」

　はぁ、とフランツは溜め息をついて立ち上がった。

「——ヒルダの具合は？」

「姫様を心配してやきもきしてますが、体調は回復してきてるみたいですよ」

「そう……。〈マンデヴィルの根〉は大丈夫かしら」

「あちこちに分けて隠してあります。姫様が持ってらした分も、ほら、ここにありますよ」

　ベッドサイドの小机の上に、絹布で包んだ根が置かれている。

「よかった。これ、煮出してヒルダに飲ませてくれる？　わたし、少し頭が痛くて……もうしばらく横になっていたいの」

「もちろんですとも。ゆっくりお休みになってください。俺とダニエルで半日ずつ休暇をとって側についていますから」

「ありがとう」

微笑んだフランツは〈マンデヴィルの根〉を持って静かに出ていった。

扉が閉まったとたん、それまで堪えていた嗚咽が一気にあふれだす。ユーリアは歯を食いしばり、枕に顔を埋めてすすり泣いた。


イザークがどうなったのかわからないまま日々は過ぎ、戦後処理の講和会議が予定どおりに始まった。

フランツたちがあちこちから集めてきた情報によれば、リーゼンフェルト国王イザークは病気のため欠席で、名代としてヴェーデル伯爵なる人物がやって来たという。

四十歳くらいで、いかにも才気走った雰囲気を漂わせる洒落者《しゃれもの》だそうだ。

「先代国王に気に入られて取り立てられたとか。正式な宰相ではありませんが、八年前にイザーク王が即位したときから政務を補佐してきた側近らしいです」

「そう……」

フランツの報告にユーリアは愁わしげに頷いた。

ヴェーデル伯爵はイザークが捕らえられていることを知っているのだろうか。

もしも知っていて平然としているのだとしたら、伯爵は明らかに逆臣だ。

「――ありがとう。また何かわかったら教えてね」

フランツが辞去するとユーリアは頬杖《ほおづえ》をついて考え込んだ。

確か父は言っていた。イザークは最初から会議に『病欠』することが決まっていたのだと。

もちろん本人の与《あずか》り知らぬところで取り決められた陰謀に違いない。

だとすれば、ヴェーデル伯爵は父と密《ひそ》かに手を結んでいることになる。

（イザーク様はご無事なのかしら）

会議が終わるまで閉じ込めるだけだと父は言ったが、本当なのだろうか。イザークが解放されたら黙っているわけがない。父を糾弾し、会議無効を主張するはずだ。

父はどう言い抜けるつもりなのだろう。リーゼンフェルトの重臣と手を結んでいるとしても、兵に襲わせたのをイザーク本人にはっきり見られているのだ。

護衛官のマティアスも目撃している。彼はどうなったのだろう。無事に逃《に》げ果《おお》せて味方を呼んでこられるといいのだが……。

考えるほどに自分がとんでもない過ちを犯してしまったという確信が強まっていく。

どうにかしてイザークを助け出したい。

こうなったのは自分の責任。彼を信頼して最初から助けを求めていれば、こんなことにはならなかった。

まずはイザークの監禁場所を探らなければ。

一体どこにいるのだろう。普通、身分のある囚人は塔の牢獄《ろうごく》に入れられるが、存在自体を隠したいなら地下牢かもしれない。

じめじめした地下牢を想像しただけでぞっとして産毛が逆立った。きっとおぞましい虫やネズミがうようよいるに違いない。そんなところに彼を閉じ込めておくなんて……！

こうなったらフランツとダニエルに真相を打ち明けるしかない。ふたりの身の安全を考えると知らないほうがいいと黙っていたけれど、ふたりとも薄々勘づいているようだ。

（そうだわ。もしもお金が必要なら〈マンデヴィルの根〉を売ればいい）

一本売れば金貨十枚になる。それだけあれば、牢番を買収することもできるはずだ。

ヒルダにもきちんと話さないと。

「――あ、いけない。そろそろヒルダにお茶を飲ませる時間だわ」

そわそわと立ち上がり、何気なく居室の扉を開けたユーリアは、思いも寄らぬ人物と鼻をつき合わせそうになった。

「……ハイデマリー？　ここで何してるの」

ちょうどドアを開けようとしていたところらしく、異母妹は一瞬目を丸くしたが、すぐに気を取り直すと昂然《こうぜん》と顎を反らした。

「ご挨拶ね。わざわざこんな陋屋《あばらや》まで足を運んであげたというのに。それにしてもまったく汚いわね。ドレスの裾が汚れちゃう」

「なんのご用かしら」

警戒しつつ尋ねると、ハイデマリーはわざとらしく裾を払い、フフンと含み嗤った。

「あの馬鹿な王様のことよ。あなたに求婚してた、見る目の全然ない」

「……っ、イザーク様がどうかしたの⁉」

「あぁら怖ーい。逃した魚は大きいわよねぇ。ほーんと残念でしたこと」

「どういう意味⁉」

「死んだわよ、彼」

ぽん、と放り投げるように言われ、ユーリアは呆然《ぼうぜん》とした。

「え？」

「だから死んだの。生きていられたところで、どうせ邪魔でしかないわけだし」

「……殺したの？」

「あなたのせいで死んだのよ。イザーク王を罠に嵌めたんですってねぇ。聞いたわよ、たかが薬草欲しさに貴重な求婚者を陥れるなんてバッカみたい。乳母なんてとっくに用済みなんだから放っておけばいいのに。そんなこともわからないなんて頭悪すぎて笑っちゃう」

ハイデマリーの悪口雑言などひとつも耳に入らなかった。ユーリアの脳裏にはイザークが死んだということだけがぐるぐると回っていた。

思う存分厭味と皮肉を浴びせかけると、ハイデマリーは青ざめて棒立ちになっているユーリアをフンと鼻で嗤って去っていった。

――死んだ。

イザーク王が、死んだ。

(わたしの……せいで……)

ユーリアはよろよろと部屋を出て、厨房に下りた。

ただ足の向くままに入っただけだったが、調理用のナイフが目に入ると反射的にそれを掴んでいた。

ドクッ、ドクッ、と心臓が飛び出しそうに跳ねている。

眩暈《めまい》がしてユーリアは冷たい床に尻餅をつくように座り込んだ。

「ゥ………」

声にならない悲鳴が喉を震わせる。

見開いた瞳から涙がこぼれ落ち、頬を伝って顎から滴り落ちた。

(わたしが、殺した)

イザーク様。

ヒルダの一家以外で、初めてわたしに優しくしてくれた人。

結婚してほしいと言ってくれた。
きっと幸せにするから、と。
響きのよい穏やかな声音でわたしの名を呼んでくれて……。
あの声を、もう二度と聞けないというの……？
わたしのせいで。
わたしのせいで……！
死んでしまった。
殺してしまったの。
この、わたしが――。
涙に濡《ぬ》れた睫毛《まつげ》を瞬《しばた》き、手にしたナイフを見つめる。
「……ごめんなさい」
呟いて、ユーリアは鋭い刃を左手首に押し当てた。

第二章　氷の覇王の熱い求婚

半年後。

晩秋の嵐が物凄まじく吹き荒れる、とある夜のこと……。

鬱々とした日々を送っていたユーリアの居室に、黒衣に身を包んだ謎の人物が押し入ってきた。

傷痕を隠すために手首に巻いた黒玉《ジェット》のネックレスを引きちぎったその人物は、有無を言わさずユーリアの身体を担ぎ上げ、「おとなしくしてろ」と命じた。

深みのあるその声は間違いなく——。

（イザーク様……！）

でも、どうして？

イザーク王は死んだはず。半年前、ユーリアの裏切りによって彼は捕らえられ、殺されたのではなかったのか。

「ちょ……陛下、乱暴はやめてください！」

焦った声が戸口から聞こえ、ユーリアはハッとした。

（フランツ……⁉）

目を遣ると彼の側でダニエルがおろおろしている。ふたりとも同じような黒装束だ。

息子たちに気付いたヒルダが混乱した悲鳴を上げた。

「お、おまえたち……っ⁉」

「説明は後！」

「大丈夫だから！」

懇願口調で母親を制するふたりにはかまわず、ユーリアを担いだイザークが大股に部屋を出て行く。ヒルダも慌てて息子たちの後を追った。

外に出るとイザークはユーリアを一旦下ろし、すぐに両腕で抱き上げた。

「掴まってろ」

言われるまま彼の首にしがみつく。

「こちらです、陛下」

乳兄弟のどちらでもない、だがどこかで聞いたことのある声が促した。

強い風が吹きつけ、ときおりパラパラと雨粒が当たる。

しがみつきながら後ろを確かめると、黒いマントを着せられたヒルダが、息子たちに手を引かれて必死に走っている。

一行は〈北の塔〉からほど近い城壁塔へ駆け込んだ。しばらく前に一部が崩壊したため、現在修理中で、王宮警備隊の巡視路は迂回《うかい》ルートを取っている。

「実はここから外に出られるんですよ」

フランツが囁いた。いくつかある非常用の抜け道のひとつだという。

用意してあったランタンを灯し、フランツが先頭に立って歩きだした。狭い階段を降りると天井の低い通路となっている。

ユーリアはイザークに手を引かれて懸命に走った。

後ろにはダニエルに手を引かれたヒルダ。しんがりにいるのがイザークの護衛官マティアスであることにユーリアは気づいた。無事に逃げ延びることができたのだ。

天井の低い通路が延々と続き、やがて急な階段が現われた。

扉を開いて外に出ると、そこは打ち捨てられた小さな聖堂だった。水の聖母神を祀《まつ》る古代の風習の名残だが、泉が涸《か》れて詣でる者もいなくなった。

闇の中からいくつもの人影が現われ、押し殺した声音が焦り気味に尋ねる。

「陛下？　ご無事でいらっしゃいますか⁉」

「ああ、大事ない」

「よかった」

安堵のどよめきが沸き起こる。リーゼンフェルトの兵士たちらしい。

「馬車の用意は」

「こちらです」

頷いてイザークは案内の後に続いた。

森を抜ける道で四頭立ての黒塗りの馬車が待っていた。ユーリアとヒルダを乗せるとイザークは扉を閉めてしまった。

慌てて窓を開け、呼びかける。

「イザーク様！」

「俺は馬で行く。話は後だ、心配しなくても大丈夫だから」

「……はい」

頷いてユーリアは座席に座った。馬の嘶《いなな》きや兵士たちの声が響き、馬車が動き出す。

夜嵐の吹きすさぶ中、一行は細心の注意を払いながら速やかに移動を始めた。


脱出から三日後。昼下がりのリーゼンフェルト王宮では、空の玉座を取り巻いてざわつく家臣団の前でヴェーデル伯爵が沈痛な声を上げた。

「……皆様に、大変残念な知らせがある」

「どうしたというのだ、ヴェーデル伯。陛下はいかがなされた」

「もう半年も療養されているのだぞ。未《いま》だ回復の兆しはないのか」

ここリーゼンフェルトでは国王イザークは半年前から病で臥せっている——ということになっていた。

感染力の強い悪性の伝染病で、王宮の一角で厳重な隔離生活を送っていると家臣たちには伝えられている。

苛《いら》立《だ》ちもあらわに迫る家臣たちをヴェーデル伯爵は悲痛な面持ちで制した。

「実は、陛下は先ほど闘病のかいなく……身《み》罷《まか》られた」

家臣たちは言葉を失い、呆然とした。

「陛下が亡くなられただと……⁉」

「そんな馬鹿な……っ」

悲憤まじりの叫び声があちこちで上がる。

と、奥の扉がバタンと開き、駆け込んできた者があった。

イザークの弟、まだ十歳のエドワルド王子だ。

止めようとする女官たちを振り切って、少年はヴェーデル伯爵に駆け寄った。

「本当なの⁉　兄上が亡くなったって……本当なの⁉」

「本当でございます、殿下」

ヴェーデル伯爵は跪《ひざまず》き、隠しから取り出した絹のハンカチを丁寧に開いた。

ずっしりとした純金の指輪が重厚な輝きを発する。

それはリーゼンフェルト王家の紋章が刻まれた、王権の指輪だった。

「陛下はこれを自ら外し、私にお渡しになりました。エドワルド様に跡を継がせるように……というのが、陛下の最期のお言葉でございます」

「嘘だ！」

変声期前の甲高い声でエドワルドは叫んだ。

「嘘だ、嘘だ、嘘だっ！　兄上は誰より強いんだ！　病気になんか負けるものかっ……」

空色の瞳いっぱいに涙を溜《た》めて叫ぶ幼い王子の姿に、猛者ぞろいの家臣たちも目を潤ませて絶句する。

「――――そのとおり。俺は生きているぞ？」

朗々たる声音が背後から響き、皆が一斉に振り向いた。

総勢六名の人物が並び、中心にいるのはアイスシルバーの蓬髪に髭の伸びた偉丈夫だ。

身にまとう衣服はかなり傷んでいるが、粗末な身なりが意識に上らないほどの威光が、堂々たる全身から放たれている。

「兄上っ」

飛び上がったエドワルドが嬉々として叫ぶ。

慌てて伸ばされたヴェーデル伯爵の手を間一髪逃れ、エドワルドは兄に駆け寄ると勢いよく飛びついた。

「やっぱり生きてた！　兄上が死ぬわけないもんっ」

「そうさ、まだまだやり残したことがたくさんあるからな。当分死ぬわけにはいかん」

イザークは弟を腕に抱き、頬擦《ほおず》りした。

「陛下！」

家臣たちが一斉に駆け寄って跪く。

「ご病気ではなかったのですか⁉」

「そのお身なりは一体……⁉」

「ああ、ちょっとばかり足止めを食って、着替えができなかった。だが、このとおりピンピンしている。心配は無用だ」

家臣たちが安堵の声を上げ、同輩たちと笑顔で頷きあう。

エドワルド王子は興味津々の顔つきでイザークの髭に触れた。

「兄上、お髭がずいぶん伸びましたね。それにちょっと……くさい……？」

「すまん。ずっと風呂に入れなかったんだ。剃刀《かみそり》が手に入らなくて髭も剃《そ》れなくてな」

イザークは弟を下ろし、同じアイスシルバーの髪をくしゃりと撫でた。

「陛下。そちらの方々は……？」

家臣たちが警戒と興味が入り交じった目つきでユーリアたちを眺める。

ユーリアとホフマン一家三人は緊張に身をこわばらせた。

イザークは無造作にユーリアの肩を抱き寄せ、宣言した。

「俺の嫁だ」

「よ、嫁⁉」

「お嫁さん⁉」

エドワルドが目を輝かせる。

「ああ、そうだ。おまえの義姉上《あね》になる方だぞ。さぁ、ご挨拶しろ」

「はい！」

エドワルドは胸に手を当て、うやうやしく頭を垂れた。

「初めまして、義姉上。リーゼンフェルト国王イザークの弟、エドワルドと申します。どうぞよろしくお願いいたします」

「こ、こちらこそ。初めまして、ユーリアと申します」

「ユーリア姫はヴォルケンシュタインの第一王女だ。このたび我が妃として迎えることにした」

「そ、それはまた突然でございますな……」

「しかし、ヴォルケンシュタインの姫君とは……」

困惑と当惑の雰囲気が辺りを包む。

ユーリアはいたたまれなさに身を縮めた。

リーゼンフェルトの家臣たちがヴォルケンシュタインに良い感情を抱いていないことはわかっている。

中立国でありながら講和会議で露骨に敗戦国側の肩を持ち、リーゼンフェルトに不利な条約を成立させたのだ。

「話は後だ。まずはそやつ、ゲレオン・ヴェーデルを牢にぶち込め」

そろそろと後退《あとずさ》っていたヴェーデル伯爵は、イザークに指を突きつけられて棒立ちになった。

「衛兵！　ヴェーデル伯を捕らえよ」

重臣の怒鳴り声に、控えていた衛兵たちが一斉に伯爵を取り巻き、押さえつけた。

イザークはつかつかと歩み寄り、腕を組んで昂然と顎を反らした。

「わかっているだろうが、罪状は大逆罪と国家背信罪だ。こやつはヴォルケンシュタインのディルク王と通じ、俺を罠に嵌めて殺そうとした」

「なんですと……⁉」

「貴様ァ、よくもそのような不埒《ふらち》なまねを！」

「許さんっ、叩っ斬る！」

早くも刀の柄に手をかけて激昂する武官たちを抑え、イザークは伯爵に手を突き出した。

「指輪を返してもらおうか。おまえがディルク王から受け取ったリーゼンフェルトの王権の指輪だ」

衛兵に槍《やり》を突きつけられた伯爵が、震える指で純金の指輪を差し出す。

イザークはそれを無造作に奪い取り、自分の左手の中指に嵌めてニヤリとした。

「おまえがこれを持っていたことが、とりもなおさず密約の証拠だな。俺からこの指輪を奪ったのはディルク王だ。――連れて行け。そやつの爵位は剥奪《はくだつ》する。貴族扱いは一切無用」

蒼白になったヴェーデル伯爵は、言い訳は無駄と悟ったのか、がっくりとうなだれて衛兵たちによって連れ去られた。

「協力していた宮廷医師も牢に放り込め。とりあえず関わっていた者は全員だ。後で厳しく詮議する」

「御意」

イザークは軽く鼻を鳴らすと、一段高くなった玉座に歩み寄り、どっかりと腰を下ろした。

家臣たちは文官と武官に分かれて御前に居並び、跪いて深々と頭を垂れる。

「お帰りをお待ちいたしておりました、陛下」

「心配をかけたな。ああ、聞きたいことが多々あるのはわかっている。だが俺はまず風呂に入りたい」

真顔でイザークが言い、一瞬きょとんとした家臣たちは一斉に笑い声を上げた。

「これはしたり！　左様でございましょうとも。――すぐに支度をせい」

「客人たちも同様、充分に歓待せよ。そうだ、ひとまず紹介しておこう」

イザークに手招かれ、ユーリアはびくっとした。

家臣たちから一斉に注視を浴びて鼓動が跳ね上がる。

「……どうぞ」

背後からマティアスに低く促され、意を決してユーリアは歩きだした。

後ろから、やはりぎくしゃくとした足取りでホフマン一家三人が続く。

「ユーリア姫はさっき言ったとおり俺の嫁だ。こっちのヒルダ・ホフマンはユーリアの乳母、フランツとダニエルはヒルダの息子、つまり姫の乳兄弟だな」

緊張しながらそれぞれ会釈する。

「ホフマン兄弟はヴォルケンシュタインを脱出するに当たり、よく協力してくれた。これからもユーリア姫の護衛を務めてもらうつもりだ。姫だけでなく、こちらの三人もよくねぎらうように。よいな、侍従長」

「かしこまりました、陛下」

脇から進み出た侍従長が、うやうやしくお辞儀をする。

頷いてイザークは玉座から立ち上がった。

「任せたぞ。くれぐれも手落ちのないように。——では、ユーリア姫。また後で会おう。何も心配することはない、安心しろ」

「は、はい」

にっこりすると、イザークは弟を連れて玉座を離れた。

エドワルド王子が無邪気な笑顔でユーリアに手を振る。

ためらいがちに手を振り返すと、すぐに侍従長が歩み寄ってユーリアを促した。

「姫君、どうぞこちらへ。お部屋をご用意いたします間、別室にてご休憩ください。皆様も、どうぞご一緒に」

頷いてユーリアは侍従長の後に従った。

イザークの命令どおり、ユーリアたちは丁重なもてなしを受けた。

最初に通された客間で軽食や飲み物を出され、しばらくすると侍従長が戻ってきて全員同じ翼棟に案内された。

フランツとダニエルは一階、ユーリアとヒルダは二階へ通され、それぞれに世話係の召使がつけられる。

ヒルダには休むよう言ったのだが、まずユーリアの世話をしないと落ちつかないと言い張るので好きにさせる。

ユーリアはヒルダの手を借りて黒いドレスを脱ぐと、ラヴェンダーとローズマリーを入れたお風呂に浸かった。

浴室は清潔で広々としていて、湯船はユーリアが脚を伸ばしても爪先が届かないくらい大きい。

お風呂と言えば盥《たらい》にお湯を入れた半身浴が普通だったので、こんなに大量のお湯を使った贅沢な湯浴みをするのは初めてだ。

ヒルダも慣れぬことでとまどってしまい、結局ユーリアは女官に手伝ってもらって上質なオリーブオイルの石鹸《せっけん》で髪と全身を丁寧に洗った。

お風呂を出るとリネンの下着を着せられ、暖炉の前で髪を乾かす。

やがて女官が何着かのドレスを持ってきた。思わず尻込みしそうなくらい豪華なドレスだ。

聞けば亡き王太后のものだという。ということはイザークの母后である。

自分が着ていいものかと迷ったが、他に女性用のドレスはないそうだ。

「『すぐに仕立てさせるが、今日は母上のお古で我慢してくれ』との陛下のお言葉にございます」

「お古だなんて……こんな素敵なドレス、本当にわたしが着てもいいのかしら」

異母妹に下げ渡された古着こそ本当に『お古』で、しみやかぎ裂きがあるのが普通だった。

それもわざとつけられたものだ。

「もちろんでございます。陛下のご下命ですし、王太后様がご存命であれば喜んで姫君にお貸しになられたことでしょう。とてもお優しい方でしたから」

女官の言葉にユーリアは頷いた。

「わかったわ。では、ありがたく使わせていただきます」

美しいサテンのドレスは前開きで、下に穿《は》くジュプ《スカート》が見えるようになっている。

胸には逆三角形《ピエス・デストマ》の当て布を留めつけ、デコルテが綺麗な台形になるよう調整する。いつも襟元の詰まったドレスばかり着ていたので、胸の谷間が見えるデザインは気恥ずかしい。

背面は襟の下から裾にかけて、優雅な縦襞《たてひだ》をつけた布が垂らされている。袖口のカフスは肘の辺りで三重のレースを垂らした豪華なもの。

アッシュゴールドの髪は前髪にボリュームをもたせて結い上げ、鏝《こて》で巻いて首元にすっきりと垂らした。

着付けを見守っていたヒルダは、感激して目を潤ませた。

「まぁ、まぁ、なんてお美しいのでしょう……！　まるで女神様のようですわ」

「ヒルダったら、大げさよ」

ユーリアは頬を染めて軽く乳母を睨んだ。

着付けをしていた女官がニコニコしながらヒルダに同意する。

「本当にヒルダさんの仰るとおりですわ。お支度のし甲斐《がい》があるというものです」

まんざらお世辞とも思えぬ口ぶりに、ユーリアは曖昧な笑みを浮かべた。

美しいという称賛を、未だ素直に受け取ることができない。だが、死んだと思い込んでいたイザークが生きていたことで、依怙地《いこじ》な気持ちもだいぶゆるんだ気がする。

「ここはもういいから、ヒルダもお風呂をいただくといいわ」

「そうでございますね。では、失礼して残り湯を」

「あら、ヒルダさんにもちゃんとお部屋を用意してありますよ。そちらにも湯殿がございますから、ゆっくりなさってくださいな」

女官に言われ、ヒルダは恐縮した。

「まぁ、そんな。恐れ多い」

「陛下のご配慮です。遠慮はかえって失礼というものですよ」

何度も勧められてヒルダが別の女官の案内で部屋を出ていくと、ユーリアに付いた女官はホゥと溜め息をついた。

「それにしても、陛下がご無事で本当にようございました」

「……ご病気……ということになっていたのね」

「はい。伝染病に罹《かか》られたと聞いております。ずいぶん急なことで……変だなと皆思っていたのでございますよ、実は」

女官は、ヴェーデル伯爵がイザーク王を病気だと言って隔離し、家臣の誰にも合わせなかったことなどをかいつまんで話してくれた。

「出入りできるのはヴェーデル伯と宮廷医師だけ。致死率の高い伝染病だと言われれば、やはり恐ろしいものですから、おかしいと思ってもなかなか踏み込めず」

「そうだったの……」

家臣たちを前にした先ほどの遣《や》り取りからすると、ヴェーデル伯爵がユーリアの父ディルク王と結託し、イザークを陥れたのは間違いない。

「では、しばしごゆるりとおくつろぎくださいませ。ご用の際はテーブルの上の鈴を鳴らしていただければすぐに参ります」

「ええ、ありがとう」

女官は膝を軽く折って一礼すると出ていった。

座り心地のよい優雅な長椅子にゆったりと凭《もた》れ、ユーリアはぱちぱちと弾ける暖炉の炎を眺めて溜め息をついた。

この三日間、馬車に揺られどおしだったので、さすがに疲れた。一刻も早くヴォルケンシュタイン領を抜けるため、夜を日に継いで走り続けたのだ。ヴォルケンシュタインと違って平地が多いリーゼンフェルト領に入っても強行軍は続いた。

ため、スピードも上がった。

時折どこからか調達してきた食料が差し入れられ、休憩の時にフランツとダニエルから大まかな説明は聞けたが、イザークとはほとんど話せていない。

側近のマティアスや救出部隊の兵士たちと真剣な顔で討議しているイザークを、遠くからそっと窺うのみ。自分から近付いて話しかけるのは、どうしてもためらわれてできなかった。

イザークはユーリアに腹を立てていないとフランツたちは繰り返し強調した。それを疑っているわけではないが、やはり後ろめたさがぬぐえない。

(ともかく間に合ってよかったわ)

おそらくイザークはヴェーデル伯の動きを察知していたのだろう。

フランツたちの話では、しばらく前からヴォルケンシュタイン城に忍び込んだマティアスと連絡を取り合っていたそうだ。

たとえヴェーデル伯がエドワルドに王権の指輪を嵌めていても、イザークが生還すれば無効にできる。

エドワルドは兄の帰還に大喜びしていたから、すぐさま王位を返上しただろう。

考え事をするうちに疲れが出てうつらうつらしていると、そっと名を呼ばれた。

「ユーリア姫」

ハッと目を覚ますと、間近から灰青色の理知的な瞳が、心配そうに顔を覗き込んでいた。

驚いてはじかれたように長椅子の隅へと下がってしまう。

イザークが男らしい直線的な眉を、しょんぼりと垂れた。

「すまん。まだくさかったかな」

「……え？」

彼は袖口を鼻に近づけてくんくんかいだ。

「全身泡だらけにして、よくよく洗ったんだが……」

イザークが身につけているのは初めて会ったときのような上品かつ清潔なジュストコールだ。くすんでいたアイスシルバーの蓬髪はきちんと櫛を入れ、磨いたような輝きを取り戻している。うなじで黒い天鵞絨のリボンを結び、三つ編みにして背中に垂らしていた。

髭も剃り、恐ろしげな野人めいた雰囲気はきれいさっぱり消えている。

ユーリアは急いで彼の側に座り直した。

「くさくなどありません！　……すみません、驚いただけなんです」

「なら良いが。くさかったら遠慮なく言ってくれよ？　貴女に不快な思いはさせたくない」

「あの……。もしかして、道中わたしから離れていらしたのは……？」

イザークは照れたように頬を掻いた。

「地下牢に半年もいただろう？　身体は拭いていたが、さすがに入浴までは許されなかったからな。抱き上げたときも、申し訳ないと思っていた」

「そんな」

驚きが大きすぎたのか、においについては全然記憶がない。

「本当に大丈夫か？」

ユーリアは鼻を近づけて、おずおずとかいでみた。

「……石鹸の良い香りがします」

「不快ではないか？」

「はい、全然」

「ならば……貴女を抱きしめてもいいだろうか」

真摯な懇願に、カーッと頬が熱くなる。

「ど、どうぞ、ご自由に……」

遠慮がちに伸びた腕がユーリアの背中に回り、胸元に抱き寄せられる。

ぎゅっ、と確かめるように抱きしめて、イザークは囁いた。

「あたたかい。生きて、いるのだな……？」

安堵の囁きに、鼻の奥がツンと痛くなる。

ユーリアは彼の胸に頬をすり寄せた。

「あなた様も……」

「ホフマン兄弟から貴女が自害を図ったと聞いたときはギョッとした。早まったことをするものじゃないぞ」

「申し訳なくて……。わたしのせいでイザーク様を死なせておきながら、おめおめ生き長らえることなどとてもできなかったのです」

「あなたのせいだと思ったことなど一度もない。最初からディルク王が何かよからぬことを企《たくら》んでいそうだとは察していたが……まさか実の娘を盾にして脅すとまでは予想しなかった。俺もまだまだ甘いな」

イザークは憮然と鼻息をついた。

「かわいそうに……。殴られて痛かっただろう。顔に傷が残らなくてよかった」

そっと頬を撫でられ、目を臥せる。

「いいのです。あれくらいの痛み、あなたが死んだと聞かされたときの絶望に比べれば」

「ハイデマリー王女がそう言ったのだな？」

「はい。嘘だったのか、そう信じていたのかはわかりませんが……」

「嘘をついたのだろう。貴女を傷つけるために、わざと。一国の王を、そう簡単に殺すものか。よほどの怨《うら》みでもない限り、身代金を払わせるとか交渉材料にするとか、利用法はいろいろとある」

ふとユーリアは思いついた。

「……もしや、それがわかっていたからわざと暴れたのですか？　護衛官を逃す隙を作るために」

「まぁな。マティアスまで捕まるとさすがにまずい。万が一のときには俺を置いて逃げるよう命じてあった。俺のほうが人質としての価値が高いから、逆の場合よりふたりそろって生き延びられる確率が上がる」

　だからと言って、部下を逃がして敵地に留まる国王はそうそういないだろう。マティアスとて苦渋の決断だったはず。

「ただ……今回は本来なら俺は殺されるはずだった」

「ええっ⁉」

「ディルク王が言っていたよ。俺を牢に入れ、奪った指輪を見せびらかしながら。ゲレオン・ヴェーデルは俺を殺して指輪を奪うようディルク王に依頼していたんだ。だが、ディルク王はゲレオンを完全に信用しておらず、少なくとも約束が果たされるまでは俺を生かしておいたほうがいいと踏んだわけだ」

「約束……？」

「金か、領土の一部割譲か。あるいはその両方かもな。これから取り調べで明らかにする。ゲレオンのほうは俺が長患いの末病死したことにしてエドワルドを傀儡《かいらい》王として即位させ、政治の実権を握ろうと目論《もくろ》んだ」

「あの、よくわからないのですが……イザーク様が秘密裡にヴォルケンシュタインを訪れたことは、もちろんヴェーデル伯爵は知っていたのですよね？　病気というのは不在を隠すための口実で……」

　イザークは顔をほころばせた。

「そのとおり。ヴォルケンシュタインから内密の縁談話が来たので、こっそり先発したいと相談を持ち掛けた。やけに乗り気でいろいろと便宜を図ってくれたよ」

「では以前から疑っていらしたのですね？」

「残念なことにな。あれでも俺が即位したばかりの頃は全力で補佐してくれたんだ。そのうち俺が自分であれこれ判断を下すようになったのがおもしろくなかったんだろう。才気走った野心家で、自分の政治手腕に自信を持っていたから、ないがしろにされたように感じたのかもしれない」

　イザークの親政がうまくいったことも素直に喜べなかった。

　理不尽にふっかけられた戦争にも勝利を重ね、家臣と国民からの尊崇と信頼を集めたことを誇りに思うことができたら、ヴェーデル伯爵は今も側近として重んじられていたのではないだろうか。

「秘密めかした見合い話も怪しかったが、前にも言ったように貴女に会えるなら、と思ってな。どちらにせよ講和会議でヴォルケンシュタインへ行ったら折りを見て貴女との結婚を打診しようとは思っていた。だから渡りに舟ではあったのだよ。あいにく泥舟だったが、俺は泳ぎが得意でね」

　ニヤッとするイザークは確かに一筋縄ではいかないしたたかさを窺わせる。

「ああ、ディルク王に殴りかかったのは戦略というより私怨だ。貴女の美しい顔に傷をつけられて頭に来た。しかしそのせいで貴女が父親に殴られるはめになってしまった。申し訳ない」

「い、いいんです、そんなこと」

しゅん、と項垂《うなだ》れるイザークを、ユーリアは慌てて取りなした。

イザークはユーリアの手を取り、唇を押し当てると手首に残った傷を痛ましげに親指でそっとさすった。

「助かって本当によかった。これからは何があろうとけっして早まったことをしてはいけないぞ？　俺はしぶといからそう簡単にはくたばらない。信用しろ」

真剣な表情に目を潤ませて、こくりと頷く。イザークは顔をほころばせ、再びユーリアを抱擁した。

「改めて貴女に申し込みたい。ユーリア姫、俺と結婚してくれ」

「……わたしでいいのでしょうか。父は信義に悖《もと》る行ないをしました。わたしも――」

「いや、貴女は身体を張って俺を逃がそうとしてくれた。父親に従ったのも乳母を助けたい一心でのこと。強欲なディルク王やゲレオンとは全然違う。それに、俺が死んだと思い込み、ろくに食事もとらず喪に服していたというではないか。……そういえばずいぶん痩せてしまったな。これからはちゃんと食べるのだぞ。好きなものを作らせるから遠慮なく言え」

「は、はい」

真剣そのものの口調に圧され、ユーリアはこくこく頷いた。

「で？　返事は」

「イザーク様が望まれるのなら……」

頬を染めて呟くと、イザークは眉根を寄せて首を傾げた。

「うーん……。消極的だな。あまり気が進まないか？」

「そんなことありません！　ただ、その、父や自分のしたことが、やはり気まずくて……」

「それはもう気にするな。俺が聞きたいのは貴女の正直な気持ちだけだ」

熱意のこもった灰青色の瞳でじっと見つめられ、ドキドキと鼓動が高まる。

「……本当に、わたしでよろしいのですね……？」

「貴女がいいのだ、他の誰でもなく。貴女にも、同じように想《おも》ってもらえたら嬉しい」

実直な言葉に胸がいっぱいになる。

ユーリアは腿《もも》の上で揃《そろ》えた両手を握りしめ、思い切ってこくんと頷いた。

「よ、よろしく、お願いします……」

イザークが大きく息を吸ったかと思うと、ぎゅぅっと抱きしめられて息が止まりそうになる。

「よかった……。振られるのではないかと、ビクビクしていたぞ」

ビクビクだなんて、〈氷の覇王〉と恐れられるこの人が？

なんだか可笑《おか》しくなってしまう。

イザークは優しいまなざしで幸福そうにユーリアを見つめた。男らしく凛々《りり》しい顔が近付いてきて、目を閉じた瞬間。

ドンドンドン、と部屋の扉が無遠慮に連打された。

チッ、とイザークが舌打ちする。

「邪魔するな！　せっかくのいい雰囲気をぶち壊しおって……」

「家臣団の皆々様が雁首《がんくび》揃えてお待ちかねですよ」

慇懃無礼《いんぎんぶれい》なマティアスの声が扉の向こうから返ってくる。

イザークは何事かぶつぶつ毒づくと、眉尻を垂れてユーリアの手を取った。

「すまない。早く説明を聞かせろとうるさいのだ」

「と、当然ですわ。どうぞご家臣がたを安心させてあげてください」

イザークはせつなげにユーリアを見つめたかと思うと、照れくさそうに左の頬を向けてきた。

「キスしてくれないか？」

ドキドキしながらそっと頬に唇を押し当てると、イザークは幸せそうに微笑んでユーリアの手にくちづけた。

「また来てもいいだろうか」

「も、もちろんです」

焦って頷いたユーリアの頬をイザークが優しく撫でる。

またもやドンドンと扉が叩かれ、溜め息をついたイザークは、もう一度手の甲にキスして大股に扉へ向かった。

「うるさいぞ、マティアス！　もう少し控え目にノックできないのか」

「聞こえないのではと思いまして」

しれっとした護衛官の返答にイザークが「厭味か⁉」と言い返すのを最後に、扉が閉まって会話は聞こえなくなった。

ユーリアは未だ鼓動の昂《たかぶ》りが収まらない胸をそっと押さえた。

しみじみと幸福感が込み上げる。

彼の頬に触れた唇を指先でたどり、ユーリアは頬を染めた。

（イザーク様が無事で、本当によかった……）

だからといって自分や父の罪が消えてなくなるわけではないけれど。

それでも彼が生きていて、以前と変わらぬ愛をありのままに示してくれることが、とても嬉しかった。

その日の夕食は、ユーリアとホフマン一家の四人で和やかにテーブルを囲んだ。

フランツとダニエルはリーゼンフェルトの武官服を与えられ、照れくさそうだがぴしっと着こなしている。

ふたりは近衛連隊の所属となり、ユーリアの護衛官として近々正式に任命されるそうだ。

ヒルダは女官が用意してくれたという少し古い型のドレスを着ていた。レース飾りのついた大きな白襟が肩を覆うデザインだ。

ここでようやくユーリアはこれまでの詳しい経緯を知ることができた。追手を気にしながら馬車を飛ばしている間は誰もが殺気だっていて、何がどうなっているのか尋ねることがためらわれ、我慢していたのだ。

ホフマン兄弟の話によれば、イザークの生死について最初に疑念を抱いたのは兄のフランツで——。

＊　＊　＊

「あーあ。どうやったら姫様を元気づけてあげられるんかなぁ」

ユーリアの様子見をした帰り道、ダニエルは両手を頭の後ろで組んで大きな溜め息をついた。

ここ半年、勤務が終わるとぐるっと回り道をして〈北の塔〉に寄っていくのがホフマン兄弟の日課となっている。

兄のフランツは何事か考え込んだまま弟のぼやきに付き合おうとはしない。かまわずダニエルはさらにぼやいた。

「無理やり散歩に連れ出しちゃおうかな。でも俺、姫様に拒否られると弱いんだよなぁ」

「……」

「ペットを飼うのはどうかな？　犬とか猫とか。姫様動物好きだし」

「……」

「犬なら番犬になっていいし、猫なら姫様の大嫌いなネズミを取ってくれるよね？」

「……そうだな」

気のない返事にう〜んと首をひねったダニエルは、ふと思い付いてパチンと指を鳴らした。

「そうだ！　霊媒に頼んでイザーク王の魂を呼び出してもらうのはどうだろ⁉」

すぅ、っと兄が鼻息を吸うのが聞こえ、ダニエルは反射的に頭をかばった。

しかしフランツは弟の頭を張り飛ばす代わりに低声で呟いた。

「どうせなら魂だけじゃなく身体ごと出てきてもらおう」

「はぁ？」

フランツは素早く辺りを見回し、弟の首に腕を回してぐっと引き寄せた。

「城の地下牢に妙な囚人がいるらしい」

「妙な囚人……？　ってか地下牢って今改修中で、囚人は余所《よそ》に移されてるんじゃなかった？」

「公式にはそうなってる。だが、誰かがいるんだ。夜勤のとき、看守が地下牢に食事を運んでいるのを見た。妙に辺りを憚《はばか》るような様子で……しかも肉の匂いがした」

「肉⁉　地下牢の囚人にか？」

「変だろ？　身代金をあてにできる捕虜とか、微罪で牢獄塔に収監される奴ならともかく、地下牢にぶち込まれるのは重犯罪者と相場が決まってる。強盗、放火、殺人、もしくは大逆罪。たとえ貴族だろうが与えられるのはパンと水だけのはず」

「肉を出すなら身分の高い囚人だよな？　なんでわざわざ地下牢に入れるんだろ。しかも改修中の」

　首を傾げるダニエルに、フランツは重々しく頷いた。

「改修は他の囚人を入れないための嘘だと思う。その囚人がいることを知られては困るから、たとえ身分が高くても塔には入れられない。塔に誰かいればすぐにバレる」

「王宮警備隊《おれたち》の巡視路沿いだもんな。でもさぁ、それだと囚人というより捕虜みたいじゃないか……⁉」

　口ごもり、ダニエルはごくりと喉を鳴らした。

「……ま、まさか……イザーク王……？」

「じゃないかと俺は踏んでいる」

「亡くなったんだろ⁉」

「そう言ったのはハイデマリー様だ。あの方は姫様を嫌ってる。というか妬《ねた》んでるから、傷つけるためにひどい嘘をついてもおかしくない。姫様の様子と母さんが聞いた騒ぎを考え合わせると……イザーク王が捕らえられたのはまず間違いないだろう。本当に死んだかどうかはわからない」

「公式には会議を病欠したことになってるんだよな」

「見合いは内密の話だったから、会議前に来てたことは知られてない。俺たちも知っていることは黙ってた」

「そりゃ、うっかり洩らせばたちまち首が飛ぶってことくらい、俺にもわかるよ」

イザーク不在の会議で取り決められた講和条約は、戦争に負けたはずのレゼリア側にやけに有利な内容だった。

当然、リーゼンフェルト側は大いに不満を表明し、会議は紛糾した。

しかし代表である〈氷の覇王〉を欠き、彼の名代であるヴェーデル伯爵が文句も言わずに受け入れてしまっては従うほかなかった。

イザークの盟友であるエリュアール国王オーレルは、ヴェーデル伯爵に対し相当な剣幕《けんまく》で噛みついたが、のらりくらりと言い抜けられて、憤激のあまり婚約者であるグリゼルダ姫にも会わず帰ってしまった。

他の同盟国もこれに続き、会議の最後に開かれた晩餐《ばんさん》会に出席したのはヴェーデル伯爵を除けば敗戦国側の代表ばかりだった。

「茶番だな」

フランツは吐き捨てた。

「ディルク王は初めから漁夫の利を狙って中立を謳《うた》ったんだ。おそらく敗戦国側から賄賂を渡されて、そっち側に有利な条約になるよう会議を誘導した」

「でもさ……。ヴェーデル伯爵はなんで不利な条約を受け入れたのかな？　戦勝国なのに」

「わからんが、イザーク王の『病欠』と関係があるのは間違いない。とにかく、地下牢の囚人の正体を確かめよう。本当にイザーク王かどうか」

「どうすんの？」

「牢番を買収するのが一番てっとり早い。料理番も食事を作ってるなら何か知ってるかもしれないが、持っていくのは牢番だからな」

「いくら払えばいいんだろ。絶対ふっかけられるよな。そんな金ある？」

「ない。それが問題だ」

腕組みをして、フランツは深々と溜め息をついた。

悩むこと数日。意外にも機会は向こうから近付いてきた。

「――ホフマン兄弟か？」

人目を憚る様子で声をかけてきたのは件《くだん》の牢番だった。パッとしない痩せた中年の小男で、鼻が赤いところから酒好きらしい。

勤務を終えて〈北の塔〉へ向かう壁に挟まれた狭い路地で、周囲には誰もいない。

「そうだが……」

驚きを隠してフランツが応じると、牢番はチラと背後を窺ってさらに近付いてきた。

「上のお姫様の乳兄弟の、ホフマン兄弟だよな」

「だからそうだが、なんなんだ」

「いや……実は頼みがあんだけどよ。今夜の仕事、代わってくんねぇかな」

フランツは弟と顔を見合わせた。

「……なんで俺たちに頼む」

「おいらも頼まれたんだよ、囚人の旦那にさ……。今度から夕食運ぶのあんたらに代わってもらえって。前金で金貨を貰った。うまく頼めたらもう一枚くれるって言うんだ」

あまり頭がよくないのか、べらべらと牢番は喋った。二枚目の金貨が欲しくてたまらないのだろう。牢番の給金では金貨を拝む機会など一生なさそうだ。

「気前のいい御方だよ。きっとあんたらにも礼金をくださるはずだ」

フランツは気がなさそうに頷きながら、弟と素早く目を見交わした。

「いいぜ、夕食運ぶくらいなら。気前のいい旦那ってのにも興味あるしな」

「ほんとか！　じゃあ、地下牢の入り口で待っててくれ。おいら、夕食を取ってくる。誰にも見られないようにしてくれよ」

　牢番が走り去ると、フランツは肩をすくめた。

「これはいよいよ、らしいな」

　ダニエルも勢い込んで目を輝かせる。

「姫様に知らせよう！　これを知ればすぐに元気になるぞ」

「待て。しっかり確かめてからだ」

「えぇ～」

「別人という可能性も捨てきれない。ぬか喜びさせちゃいかんだろう」

「そうだな……わかったよ」

　残念そうな顔でダニエルは頷いた。

　兄弟はそのまま〈北の塔〉へ赴いて母親とユーリアの様子を確かめ、地下牢の入り口へ急いだ。

　改修中ということで、入り口付近にはそれらしく木材などが積み上げられている。囚人が余所へ移されたため王宮警備隊の巡視路も変更され、近付く者はいない。

　フランツも当初は特に不審も抱かなかったのだが、工事がさっぱり進んでいないようなのが気になり、それとなく注意するようになった。それで密かに牢番が出入りしていることに気付いたのだ。

しばらく待つと牢番が布巾《ふきん》をかけたトレイを持って現われた。

ダニエルが布巾をめくって口笛を吹いた。

「へぇ。いいもん食ってるじゃん」

パンとスープ、炙《あぶ》り肉にチーズ、ワインまで付いている。牢番も羨ましげに鼻息をついた。

「お貴族様なのは間違いねぇな。こんないいもん毎日出されるなんてよぉ」

貴族の食事としてはごく質素なものだが、牢番からすれば年に一度食べられるかどうかのごちそうなのだろう。

「今日はおいらが案内するよ。明日からは食事を渡したらおいらは帰るんでよろしくな」

「鍵はどうすんだよ」

「外にある樽《たる》の中に入れといてくれ。朝の見回りのときに回収する。どうせ誰も来ねぇから大丈夫さ」

兄弟は呆れたが黙っていた。

地下牢に足を踏み入れるのは久し振りだ。王宮警備隊とは管轄が違うため、外は見回っても中に入ることは滅多《めった》にない。

牢番はランタンの火種から蠟燭《ろうそく》を灯《とも》した。

「帰るとき通路の蠟燭は消してくれよ。もったいねぇからな」

半地下の入り口から短い階段を降りると鉄柵の扉があった。牢番が鍵を示しながら開ける。

中に入ると通路の両側に狭い独房が並んでいた。

奥に灯が見える。突き当たりまで通路を進み、牢番はおもねるような声をかけた。

「旦那。連れて来ましたぜ」

「ご苦労」

泰然とした響きの良い声音が返ってくる。

その房は他の三倍はありそうで、広々としていた。一方の隅には粗末ながらベッドがあり、衝立《ついたて》の向こうには用を足すための椅子があるらしい。

他の房より天井も高く、明かり取りと空気抜きを兼ねた鉄格子付きの窓がある。窓の向こうは壁に囲まれた中庭だろう。

反対側にはテーブルと椅子が置かれ、テーブルの上の燭台《しょくだい》で蠟燭が一本燃えている。臭いのきつい獣脂蠟燭ではなく上等な蜜蠟《みつろう》のものだ。

椅子に座り、木炭で紙に何か書いていた男が顔を上げた。

青みがかった銀の蓬髪《ほうはつ》で、同じ色の髭《ひげ》も伸び放題だが、こちらに向けられた眼光は思わずぎくりとするほど鋭い。

男は受け渡し口から食事のトレイを受け取ってテーブルに置き、牢番に金貨を渡した。

牢番は金貨を灯にかざしてうっとりと眺め、ぺこぺこ頭を下げて踊るような足取りで地下牢を出ていった。

男はどかりと椅子に座りなおし、長い脚を悠然と組んで手招きした。兄弟がおずおず近付くと男は尋ねた。

「ホフマン兄弟だな？　ユーリア姫の乳兄弟の」

「は、はい。俺はフランツ、こっちが弟のダニエルです」

気圧されながらフランツは答えた。

牢に入れられているにもかかわらず、圧倒的な存在感だ。身体に萎えた様子など微塵《みじん》もなく、堂々として逞《たくま》しく精気に満ちあふれている。

粗末な木の椅子が玉座に思えてくるような威厳と威光があった。

「俺が誰だかわかるか？」

「……リーゼンフェルトの……国王陛下かと」

男はニヤリとした。

「そのとおり。俺はイザーク・アレクシス・リーゼンフェルト。リーゼンフェルト王国の国王だ」

＊　＊　＊

「――とまぁ、このような次第で」

「なるほどねぇ。さすがは長い戦争を勝ち抜いた御方だけのことはあるよ」

息子たちの話に、ヒルダが感服の溜め息を洩らす。

まじろぎもせず聞き入っていたユーリアも、ようやく安堵の吐息をついた。

「ご無事でよかったわ、本当に……」

それにしても、誰にも知られぬまま牢に閉じ込められても屈することなく機会を窺い続けたイザークの胆力には感嘆を禁じ得ない。

しかもユーリアを恨むことなく、ずっと想い続けてくれた。そのことが嬉しい半面、自分のしたことが改めて申し訳なくなってしまう。

ユーリアの憂悶に気づいたのか、フランツたちは色々と明るい話題を振って場を盛り上げてくれた。ユーリアも気を取り直し、思い出話や冗談を交わしながら美味《おい》しいワインと食事をゆっくり楽しんだ。

半年ぶりにあたたかい食事を口にして、ユーリアは不思議な気持ちだった。

イザークが死んだと思い込んでから、あたたかな食べものが喉を通らなくなった。味もほとんどわからなかった。

生きていた彼と再会し、以前と同じ真摯な想いを告げられ、大切そうに抱きしめられて、胸の奥に巣喰っていた氷はいつのまにか溶けてなくなっていた。

じっくりと味わいながら食事を進めるユーリアを、ヒルダたちは微笑みながら嬉しそうに見守っていた。

食事を終えて部屋に引き上げると、ユーリアはもう一度短めの入浴をし、肌触りのいいリネンの夜着をまとってベッドに入った。

ヒルダも自室へ下がり、女官が退出してひとりになると、ユーリアは火影の揺れる天井を見上げた。

(イザーク様、いらっしゃらなかったわ)

きっと忙しいのだろう。なにしろ半年ぶりの帰還だ。家臣たちに色々と説明しなければならないはず。

逆に古参の家臣から軽挙をたしなめられているかもしれない。

イザークが現われなくても、晩餐でユーリアたちは丁重にもてなされた。料理もお酒も美味しかった。

わずか数日前まで死ぬことばかり考えていた自分が食事や会話を楽しんでいることが、どうにも不思議でならない。

夢を見ているのでは……とユーリアはそっと自分の頬をつねって苦笑した。

「……夢じゃないみたい」

イザークは来るのだろうか。疲れているだろうから早めに休むよう勧められてベッドに入ってしまったけれど、起きていればよかったかも。

（もう少しだけ、待ってみよう……）

早くもうとうとしながら眠りに落ちまいと何度も瞬きをする。

それにしても寝心地のいいベッドだこと。軽くて暖かな羽根布団。こんなベッドで眠るのは、初めてのような気がする……。

ふっ、と意識が途切れ、次に気付いたときには傍らにイザークが肘をついて寝そべり、幸福感にみち満ちた微笑とともにユーリアを見つめていた。

ギョッとして眠気が吹き飛んでしまう。

「す、すみません！」

「何故謝る？」

「眠ってしまいました……」

「起きて待ってろとは言わなかったぞ？　強行軍だったから疲れてるだろう。ゆっくり休むといい」

「イザーク様こそ。牢に半年もいたのに、ここまでずっと馬を飛ばしてお疲れでしょう」

「体力が落ちないよう鍛えてたから大丈夫さ。することもなくて暇だったし、いざというとき動けなかったら話にならん」

ことなげに彼は笑った。

確かに半年も投獄されていたとは思えぬ精悍《せいかん》さが漲《みなぎ》っている。少し痩せたようにも思えるが、痩せたというより一段と引き締まったのかもしれない。上背のある頑健な体躯《たいく》には、初めて会ったときから弛《たる》みなど微塵も感じなかったが。

「ご家臣たちは、どのように……？」

「安堵したら今度は怒り出した」

けろりとイザークが答え、ユーリアは頬を引き攣《つ》らせた。

「そうでしょう……ね……」

「ゲレオンの尻尾を掴むためだと説明すれば、今度は自分たちを信用していないのかとかなんとか、喧々囂々《けんけんごうごう》、侃々諤々《かんかんがくがく》。おかげでそちらの晩餐には顔を出せなかった。――ところでちゃんと食べたか？」

「はい。とても美味しかったです」

「そうか」

イザークはにっこりした。

「イザーク様は？」

「生還祝いだとどんちゃん騒ぎだよ。皆べろべろに酔っぱらったところを見計らって抜け出した」

彼も相当飲んだだろうに、目許がほんのり赤いくらいだ。

「酒臭いよな。すまない」

「大丈夫ですよ」

「明日からは一緒に食事しよう」

「はい」

頷くと肩を抱き寄せられ、懐にそっと頬を寄せる。

「眠いなら寝ていいんだぞ？」

「目が覚めましたので」

「悪かった」

「いいんです、イザーク様を待っていたかったから」

ふふっとユーリアは笑った。

「これは夢なんじゃないかと不安で……。来てくださって安心しました」

胸を衝かれたように絶句したイザークが、ぎゅっとユーリアを抱きしめる。

「夢なものか。もっともっと幸せにする」

「もう充分幸せですわ。充分すぎるくらい」

「そんなこと言うな。貴女はもっと欲張っていい」

「では……もう少しだけ、こうしていてくださいますか？」

おそるおそるねだってみると、イザークははぁっと嘆息した。

「参ったな……。貴女はまるで破城槌《はじょうつい》だ」

「………はぃ？」

破城槌というのは大きな丸太で出来ていて、閉ざされた城門を外部から破壊するための攻城兵器だ。

ふいにイザークが身を起こし、真上からユーリアを見下ろした。組み敷かれて目をぱちくりさせるユーリアに、彼は真剣そのものの表情で告げた。

「理性が吹き飛んだぞ」

そうは見えませんが……？

「最後のチャンスだ。今すぐ出て行くよう俺に命じろ。さもなければこのまま貴女を妻にする」

「え……」

「わからないか？　純潔を奪うと言っているのだ」

ぽかんとしていたユーリアの頬が一気に朱に染まった。

「そ、それは、その……っ⁉」

「さぁ、命じるのだ。出て行けと」

（そ、そんなこと言われても……っ）

ユーリアは焦り、混乱した。イザークに出て行ってもらいたくなどない。側にいて優しく抱きしめ、さっきまでのように甘くあやしてほしい。

だがそれは彼にとっては至難の業……なのかしら……？

「早く命じろ。五つ数える間に命令しないなら……俺は出て行く」

「えっ？」

どちらにしても行ってしまうの⁉　とますますユーリアは混乱した。

いち、に、と彼は数えだし、焦っている間に五つ数え終わって身を起こしてしまう。

「では、おやすみ。また明日」

「ま、待って！」

ユーリアは無我夢中で彼の広い背中にしがみついた。

「行ってはいやです！　ここにいて……！」

続く沈黙に冷や汗が噴き出す。彼の手がユーリアの手にかかり、くすりと小さな笑いが洩れた。振り向いてイザークがにんまりする。

「そう言ってほしかった」

「ず……ずるい……っ」

彼は向き直ると、機嫌を取るようにそっと唇を重ねた。

（あ……）

キス、された。初めての……くちづけ。

微笑んでもう一度唇を合わせ、彼は甘く囁いた。

「ユーリア。貴女が欲しい。この半年、牢の中でもずっと貴女を想っていた。明かり取りの窓から射《さ》し込む光よりも、記憶の中で輝く貴女の笑顔はずっと眩《まぶ》しかった。それこそが俺の生きる糧だった」

ひたむきに訴えかける言葉に目が潤む。

濡れた睫毛を指先でそっとぬぐい、イザークはユーリアの額に唇を押し当てた。

「愛してる、ユーリア」

ふたたび盛り上がった涙の粒が、頬を滑り落ちる。

「わたしも……ずっとイザーク様のことを想っていました。逢《あ》いたくて、逢いたくて……でも二度と逢えないとわかっていたから……苦しくて……息が、詰まり……そうで……っ」

「俺は生きて、ここにいる。貴女の側に。ほら」

手を取って胸に当てられると、確かな鼓動が伝わってきた。

頷くたびに涙がこぼれる。

イザークはユーリアの涙をぬぐい、顔じゅうに唇を押し当てた。

たまらなくなって抱きつくとベッドに押し倒され、情熱的に唇をふさがれた。

歯列を割って舌が入り込み、口腔《こうこう》を隈《くま》なく舐め尽くされる。互いの舌を絡め、擦り合わせると、媚薬《びやく》のように甘い唾液が舌の付け根からあふれた。

「ふっ……んっ……ん……ッ」

混ざり合った互いの唾液を無我夢中で飲み下す。

荒々しくリネンの夜着を剥《は》ぎ取《と》り、イザークは剥《む》き出《だ》しになった乳房に吸いついた。

「はぁ……っん」

ユーリアは喘《あえ》ぎ、背をしならせた。

イザークは両の乳房を押し回すように揉《も》み絞り、乳首に舌を這《は》わせてはじゅっと音をたてて吸った。

「だ、だめ……そんな……吸っては……」

「甘い」

舌先で先端を転がしながらイザークが囁く。『あまい』とも『うまい』とも聞こえ、羞恥と陶酔でユーリアはうっとりと彼の背を撫でた。

ちゅぷちゅぷと淫らな音が上がり、軽く歯を立てられるとあらぬ場所が不穏に疼《うず》いた。

身体の中心部に針で突《つ》かれるような痛みを覚え始め、その刺激を逃そうと無意識に身体をくねらせる。

執拗《しつよう》に乳房を捏《こ》ね回《まわ》しながら乳首を舐めしゃぶっていたイザークが、やっと顔を上げた。彼は袖のゆったりした白いシャツを脱ぎ捨て、床に放った。

均整の取れた逞しい裸身を、賛美を込めて見つめる。

ふたたびのしかかったイザークが、ユーリアの顔を掌《てのひら》で包んで微笑んだ。

「俺の妻になってくれるな?」

こくんと頷くと、甘いくちづけが降ってきた。互いの唇を繰り返しついばみ、舌を絡めあう。

イザークは片手で乳房を揉みしだきながら、もう片方の手をユーリアの身体に沿わせた。

平らな腹部を撫《な》で回《まわ》した手が腰をさすり、ぞくっとひときわ強い快感に身を震わせる。

やわらかな下生えをくすぐるように撫で、腿を押し上げられると、何かがとろりとこぼれる感覚に襲われた。

身を起こしたイザークはユーリアの膝裏に手を入れて、ぐいと開いた。

淫らな体勢に赤面し、ぎゅっと目を閉じる。

彼が何をするつもりなのか、実を言えばよくわかっていなかったが、何をされても逆らうまいと決めていた。

それがせめてもの償い。

イザークが許してくれても、自責の念はそうたやすく消えるものではない。

そんなことを言ったら怒られるかもしれないけれど、彼の望みどおりにすることでようやく罪が赦《ゆる》される気がしていた。

震える腿をなだめるようにさすり、彼はそっと茂みの中に指を差し入れた。

ぞくりと刺激が背筋を駆け抜け、あえかな声を洩らす。

「ぁ……」

「濡れてるな」

囁きながら指を動かされると、くちゅりとぬめった音がした。

粗相をしてしまったのだろうかと、消え入りたい気持ちになる。

「ご、ごめんなさい……！」

「謝ることはない。貴女が心地よさを感じている証拠だ」

「そう……なのですか……？」

「ああ」

ホッとしてユーリアは身体のこわばりを解いた。

「俺に触れられるのは厭ではないのだな？」

「厭なわけありません。その……き、気持ちいい……です」

頬を染めつつ目を泳がせると、イザークは機嫌よくユーリアにキスした。

甘いくちづけを交わしながら、彼の指がくまなく秘処を探ってゆく。

花びらの奥からとろとろとこぼれる蜜を塗り広げ、ぷっくりとふくらんだ媚蕾を指先で摘まんで扱《しご》かれると、腰骨の辺りがぞくぞくと戦慄《わなな》いた。

「んっ……ん……ぁん」

濃厚なくちづけに応えながら、ユーリアはいつのまにかくなくなと腰を揺らしていた。

あふれた蜜ですっかり濡れそぼったイザークの指が動くたび、ぷちゅ、ぬちゅ、と恥ずかしい音がして、否が応にも昂奮を掻き立てられてしまう。

指先が隘路《あいろ》の入り口をくすぐり、浅い出し入れを繰り返す。焦《じ》れったいような心持ちでユーリアは喘ぎ、腰をくねらせた。

あふれる蜜に誘われるように、武骨な指が蜜鞘に滑り込んで来る。

ビクッとユーリアは背をしならせた。

突き出された頤《おとがい》に、なだめるようなくちづけが落ちる。潤んだ目を瞬かせ、ユーリアは熱っぽい溜め息をついた。

「痛いか?」

優しい問いかけに、ふるりとかぶりを振る。しっかりした指の節が蜜襞を擦り、さらに奥へと侵入してきた。

「……付け根まで入った。痛くはないか?」

「だいじょ……ぶ……」

漸う答えると、彼はユーリアの濡れた睫毛を唇でたどりながら指を前後させ始めた。

「しっかり慣らさないとな」

わけがわからないまま彼の囁きに頷き、逞しい背に腕を回してしがみつく。

ゆっくりとした動きで探っていた指は、一旦抜け出したかと思うと、ふたたび戻ってきたときには二本に増えていた。

揃えた二本の指を前後されるたび、ぐちゅっ、ぬぢゅっと、ますます淫靡《いんび》な水音が上がる。

さらに親指でぐりぐりと花芽を捏ね回されると、痺《しび》れるような愉悦が脳天を貫いた。

快感が羞恥を上回り、ユーリアは甘えるように喘ぎながら無我夢中で腰を振りたくった。

「ひぁっ、あっ、あっ、あんッ……んッ……んぅ……」

見開かれた視界でチカチカと光が踊る。

深く挿入された指先が内奥で蠢《うごめ》くたび、全身が震えるような快感に満たされてゆく。

「あ……あ……あ、ぁ――――ッ……」

内臓を絞られるような感覚とともに、ユーリアは初めての絶頂に達していた。

ジン、と脳髄が痺れる。

輝くような白い霧に覆われていた意識が次第に晴れ、じっと覗き込むイザークの顔の輪郭が、ようやくはっきりとした線になった。

「大丈夫か？」

返事をしようとしたが、喉がかすれて声が出ない。

ユーリアは懸命に喉を湿しながら頷いた。

「今……の、は……？」

かった。

満足そうなイザークの表情にユーリアは安堵した。彼を喜ばせることができて、単純に嬉しかった。

我を忘れ、淫らな声を上げて達してしまったのはすごく恥ずかしいけれど……彼が喜ぶならかまわない。

だが、下穿《したば》きを脱ぎ捨てたイザークの股間から飛び出した長大なモノを目にすると、さすがにギョッとして、まじまじとそれを見つめてしまった。

猛々《たけだけ》しく頭をもたげているそれは、はち切れんばかりに固く屹立《きつりつ》している。

(ま、まさか、あれを……⁉)

「どうした？　男のモノを見るのは初めてか」

カクカク頷くと、顎を撫でてしたり顔でイザークは頷いた。

「それもそうだな。他の男のモノなど見たことがあれば大問題だ」

「見てません！　一度も！」

「わかってるよ」

くっくっと喉を鳴らすイザークを、泣きそうになって睨む。

そんなユーリアの機嫌を取るように唇を甘く吸い、彼は自らの剛直を濡れた花びらにそっと擦りつけた。

太棹をゆっくりと上下させながら彼は囁いた。

「想像がつくかと思うが……今からこれをあなたの花陰《ほと》に挿れる」

やっぱり！　と思いつつ、予想もしなかった長大さに鼻白んでしまう。

「……いやか？」

「！」

ぶるぶるぶる、と引き攣った顔で激しくかぶりを振ると、イザークは苦笑した。

「怖《お》じ気《け》づくのも無理はない。初回は痛いらしいしな。だが、これを済まさないと契りを結んだことにならないのだ。貴女にはいずれ跡継ぎを産んでもらわねばならないし、そのためにはこれを奥処まで挿れて子種を出す必要がある」

跡継ぎと聞いてユーリアはハッとした。

イザークの妻となることはすなわちリーゼンフェルト国王の妃になること。後継者を産むのは王妃としての重大な務めだ。

「わ、わかり、ました」

彼の望むことはなんでもすると決めたはずよ、と内心で己を叱咤《しった》しつつ、決然とユーリアは頷いた。

「そう悲壮な顔をするな。慣れれば夫婦の営みは心地よいものになるはずだ」

「さっきも……気持ちよかったです」

羞恥を堪えて口にすると、イザークはニコッとした。

（イザーク様の笑った顔、すごく好きだわ）

少し照れたような笑顔。

いかにも『覇王』らしい自信に満ちあふれた精悍な笑みや、皮肉を含んだしたたかな微笑も素敵だけど、ふたりきりのときにだけかいま見せる、初々しくてどこか純朴な少年めいた笑顔には胸がきゅんと疼く。

ユーリアは思い切って自ら唇を合わせた。

「イザーク様の望むようになさってください。痛くても我慢します」

むしろ、痛いほうがいいとさえ思った。

あまりにも彼が優しいから……どんな形であれ何かしらの『罰』を受けなければ、自らを責《せ》め苛《さいな》む気持ちが消えそうにない。

彼はユーリアの願望を察したかのように眉根を寄せ、そっとくちづけを返した。

「一度だけだ。その後はけっしてつらい思いはさせない」

彼はユーリアを優しく横たえると、腰を抱え上げて膝に乗せた。

大きく脚を開かされ、しっとりと濡れた花園が開かれる。

すでにたっぷりと蜜をまとっていた雄茎が、くぷりと隘路に沈む。ひときわ太い先端が純潔の門扉をこじ開け、果敢《はか》ない抵抗を打ち破った。

「い……ッ……！」

破瓜《はか》の衝撃に視界が赤く染まり、ぶわりと涙が噴きこぼれる。

ぐぐっ……と腰を押しつけてイザークは熱い吐息を洩らした。

「……全部挿入《はい》ったぞ」

互いの身体が隙間なく密着していることを感じ、ユーリアは涙の溜まった睫毛をぼんやりと瞬いた。

純潔を引き裂かれた痛みがズキズキと脈打っている。

予想したよりもずっと痛くてべそをかきそうな気分だったが、同時にホッと安堵してもいた。

望んでいた叱責を、ようやく与えられた。そんな気がして……。

「すまない。痛かっただろう」

「嬉しい……」

かぶりを振ってユーリアは微笑んだ。涙が一粒、眦《まなじり》からこぼれる。

それをぬぐった指を、イザークがぺろりと舐めた。

「これで貴女は俺の妻だ」

はい、とユーリアは頷いた。イザークは身体を繋《つな》げたまま慎重に横たわり、ユーリアを抱きしめた。

「愛してる、ユーリア」

「わたしも」

情感のこもったくちづけが何度も交わされる。

イザークはゆっくりとあやすように腰を揺らした。破瓜の痛みは次第に落ち着き、やがてじんわりと熱をおびたような感覚に変わる。

「もう少し動いても大丈夫か？」

頷くと彼は腰の動きをやや大きくした。ユーリアの様子を確かめながら抽挿を次第に大胆にしてゆく。

リズミカルに突き上げられるうちにじわじわと快感が蘇《よみがえ》り、ユーリアは目をとろんとさせて抽挿に合わせて腰を揺らした。

「はぁ……っ、あ……あ……あぁン」

先ほどと同じように、内側を刺激しながら淫芽を弄《いじ》られると、下腹部が快感に震えた。

この小さな突起はまるで愉悦の源泉のよう。ここを刺激されると、たまらない快美感が噴水のように湧き出し、全身がとろけたようになってしまう。

拓《ひら》かれたばかりの蜜襞は怒張した雄茎を受け入れるだけで精一杯だったが、感じやすい媚蕾への刺激によってぎちぎちと引き攣る痛みを紛らわすことができた。

「ここが好きか？」

「んッ……」

甘い問いかけにガクガクと頷く。

イザークは淫珠を転がしながら情欲の滾《たぎ》る目でユーリアを見つめ、小さく舌なめずりをした。

「いっぱい弄ってやる」

甘く獰猛《どうもう》な囁き声に、ぞくんと全身が戦慄く。

ずくずくと腰を打ちつけながらイザークは包皮を剥いた花芯を容赦なく刺激した。

「ふぁっ！　ぁんっ、んっ、んっ、んんッ……！」

無我夢中でシーツに爪をたて、愉悦の涙をこぼしながらユーリアは左右に激しく首を振った。

快感が内奥から込み上げ、下腹部がきゅうきゅう疼く。

「……っ」

低く呻《うめ》いたイザークは、歯噛みすると荒々しくユーリアの腰を掴み、いっそう激しく抽挿を始めた。

抉《えぐ》るように何度も何度も突き上げられるうち、ふたたび目の前で光が乱舞し始める。

胎内に熱い迸《ほとばし》りを感じた瞬間、ユーリアは恍惚《こうこつ》に達していた。

うねる襞が屹立を締めつけ、注がれた情欲を深みへと誘い込んでゆく。

「……く」

ぐいぐい腰を入れながらすべての欲望を吐き出し、イザークはホッと吐息を洩らした。

落ち着きを取り戻した雄茎を慎重に引き出すと、純潔の証と混じり合って薄紅に色づいた白濁が蜜口からトロトロとこぼれ落ちた。

満足そうな笑みを浮かべ、イザークはくたりとしたユーリアの脚を優しく撫でた。

傍らに横たわってユーリアを抱き寄せ、機嫌を取るように何度も甘くくちづける。

「痛くして悪かった」

首を振り、厚い胸板に頬を擦り寄せる。

「嬉しいです。これでわたし、イザーク様の妻になれたんですよね……？」

「ああ。貴女は俺のものだ。生涯大切にすると改めて誓う」

じわっと瞳が潤み、ユーリアは彼にしがみついて何度も頷いた。

「好きです、イザーク様」

「ああ、俺もだよ」

がっしりした掌が優しく背中を撫でる。

ユーリアは彼の胸に顔を埋め、幸福感と安堵に浸った。

破瓜されたときは本当に痛かったけれど……。その痛みを彼に捧《ささ》げることで、ユーリアはようやく赦しを受け入れる気持ちになれたのだった。

第三章　甘い蜜月

翌朝。ぬくもりの中で目を覚ましたユーリアは、自分がイザークの懐に抱え込まれていることに気付いて赤面した。

「ん？　目が覚めたか」

上機嫌に顔を覗き込んだイザークが、とろけそうな笑みを浮かべる。

裸のまま抱き合っていることがまざまざと感じられ、どうしていいかわからずユーリアはうろたえた。

「どうした？　どこか痛いのか——いや、痛いよな、すまん」

焦ってふるふると首を振る。

「だ、大丈夫……です……」

それより、昨夜はいつ眠ったのだろう。契りを結んだ後、抱き合って、キスしたり互いに愛《あい》撫《ぶ》し合ったりするうちに記憶は途切れ……。

「す、すみません」

「何を謝るのだ。貴女の愛らしい寝顔が見られて嬉しいぞ」

ますます機嫌よくイザークはユーリアの額にチュッとキスした。

「一緒に風呂に入ろう。支度を命じておいた」

ということは、裸でイザークに抱かれているのを女官に見られた……⁉

彼はユーリアを自分の嫁だと家臣たちの前で宣言していたから、もちろん女官たちだって知っているとは思うが……。

来たばかりで結婚式も挙げていないのに契りを結んでしまうなんて……と眉をひそめられたかもしれない。

(ま、まさかヒルダにも見られちゃったの……⁉)

どうしよう、どうしようと焦っているうちに、身を起こしたイザークに膝を掴まれ、ぐいっと無造作に脚を広げられてユーリアは仰天した。

「なっ、なっ、何を……っ」

「やっぱり少し腫れてるな」

秘処を覗き込み、イザークは生真面目な調子で呟いた。

「挿入前にできるだけ慣らしたつもりだが、やはりきつかったか」

「だだ大丈夫ですからっ……！　そ、そんな見ないで」

焦って脚を閉じようとするも、押さえつけられていたずらに脚をばたつかせるばかり。もとより屈強な男性にユーリアのような手弱女《たおやめ》が力で敵《かな》うわけがない。

「や、やめて。恥ずかしいです……っ」

「夫婦になったのだから恥ずかしがることなどない」

諭すように言ったかと思うと、イザークは無造作に指を挿れてきた。

「ひっ……！」

ずぷずぷと花筒を前後され、たちまち快楽の残り火を掻き立てられてしまう。

嬌声《きょうせい》が上がりそうになり、ユーリアは必死に口許《くちもと》を押さえた。

（や……っ、恥ずかしい）

突然自分がとてつもなく淫らな女になった気がした。

たった一度愛を交わしただけなのに、愛撫にとろけた蜜壺はほんのちょっと刺激されただけで蠢き始め、愉悦を求めてやまない。

「んっ、んん、ふ……んぅ」

ガクガクと身体が痙攣《けいれん》し、ユーリアは絶頂した。

イザークが甘やかすようにくちづけを繰り返していると、女官のうやうやしい声がした。

「陛下。湯殿の用意が整いました」

「よし」

頷いたイザークは身を起こすと無造作にユーリアを抱き上げた。むろんどちらも一糸まとわぬ裸体のままだ。ユーリアは恥ずかしさのあまりぎゅっと目をつぶって縮こまった。

寝室から着替えの間を通り抜け、昨日も湯浴みをした浴室へ連れ込まれる。

ユーリアにあてがわれた続き部屋には、寝室や湯殿だけでなく、食堂兼居間から応接間まで生活に必要な設備がすべて揃っていた。

誰かが脇からユーリアの髪をまとめ、櫛で留めてくれる。抱かれたまま身体があたたかい湯に浸かって、ようやくユーリアは目を開けた。

おそるおそる窺うと、女官たちは退出したらしく浴室にはふたりの他誰もいなかった。

広い浴槽に張られた湯は乳白色で、赤い薔薇《ばら》の花びらがたくさん浮かんでいる。

イザークは膝の上に乗せたユーリアの肩に湯をかけては優しく撫でさすった。

「痩せただけでなく、以前よりますます肌が白くなったようだな」

「外に出なかったので……」

急に自分の身体が貧相に思えてきて、ユーリアは身を縮めた。

「日焼けしたくないだろうが、少しは日に当たったほうが身体にいいぞ。日傘を差して庭を散歩するといい」

そうします、と頷いて、ふとユーリアはしげしげとイザークを眺めた。

「イザーク様も色白になられましたよね」

「窓から光が射す時を逃さず日光浴していたんだが、全身に当たるほどは射さなかったからな。

それでも全然当たらないよりはずっとましさ」

屈託なく彼は笑い、背後からユーリアを抱きしめた。

首筋に唇を這わせながら、ゆったりと乳房を揉みしだかれ、鼻にかかった吐息が洩れる。

「ん……」

凝った乳首をくりくりと紙縒《こよ》られ、軽く引っ張られる。厚い胸板にもたれかかり、ユーリアは痺れるような快感に喘いだ。

彼の手がゆらめく茂みをかいくぐり、蜜口を探り始める。

先ほど達したばかりでまだ潤っている花弁をくすぐるように刺激され、思わず身じろぐと白濁した湯がちゃぷんと波立った。

イザークは昨夜の名残を掻きだすように指を鉤《かぎ》型に曲げ、蜜襞を擦った。

「や……だめ……っ」

「達《イ》っていいんだぞ」

唆すように耳元で囁かれ、耳朶《じだ》を甘噛みされる。びくっと身体を震わせ、ユーリアは呻いた。

「ふ……ぅ……」

ひくひくと襞が痙攣し、恍惚が押し寄せる。ユーリアは蒸気と涙で重く湿った睫毛をぼんやりと瞬いた。

イザークは陶然となっているユーリアを抱き起こし、浴槽の縁に座らせて大きく脚を開かせた。恥ずかしすぎる姿勢に赤面し、浴槽の縁をぎゅっと掴む。

彼はしげしげと秘処を覗き込んでいたかと思うと、舌を伸ばしてちょんと花芽を突ついた。

「んッ」

ビリッとするような刺激に肩をすくめる。湯船に寝そべるような体勢でイザークが秘裂を舐め始め、焦ったユーリアは彼の肩を掴んで揺さぶった。

「イ、イザーク様！　だ、だめです、そんなとこ舐めちゃ……あぁあんッ」

たまらない刺激に嬌声を上げてしまう。

必死に肩を揺すったが、イザークはかまわず鼻先を花芯に押しつけ、尖《とが》らせた舌先でぬちゅぬちゅと蜜孔をなぶり続けた。

新たな蜜が奥処からとろとろ滴り、男の唾液と混じり合う。それを彼はわざとのように音をたててじゅっと吸った。

行為の淫猥さにくらくらと眩暈がする。

快楽を知り初《そ》めた肉体は呆れるほど貪欲だった。

いつしかユーリアはイザークの頭部を抱え込み、うなじを愛撫しながら腰を揺らしていた。

「はぁっ、ひぁっ、あん、あん、あぁんっ……」

淫らな喘ぎ声が止まらない。湯殿の外で女官たちが聞き耳を立てているかもしれないのに、頭がぼうっとなって与えられる快楽を貪ることしか考えられなくなっていた。

「どんどんあふれてくるぞ」

ぴちゃぴちゃ舌を鳴らしながらイザークが囁いた。

熱い吐息でさらに刺激され、蕩《とろ》けそうに腰が疼く。

「き……もち、よく……って……！」

「悦いか」

「んっんっ」

無我夢中でユーリアは頷いた。

「悦いっ……気持ちぃ……ッ」

「最高だ」

イザークは満足げに囁き、さらに激しい舌使いで秘処を捏ね回し、媚蕾を吸いねぶった。

刺激でぱんぱんに腫れた花芽をじゅぷじゅぷ吸いながら舌先で根元をぐりぐりと舐《な》め回され、脳裏で真っ白な火花が立て続けに閃《ひらめ》く。

「ァ……ア……。ひッ……くぅ……ッ」

焦点の定まらぬ目をいっぱいに見開き、ユーリアはふたたび絶頂した。

どっとあふれた媚汁を、イザークがじゅるっと吸い上げる。

彼は身を起こすと唾液と愛液で濡れた唇をぐいとぬぐい、下腹部を痙攣させて放心している
ユーリアに猛々しく勃ち上がった剛直をずっぷりと挿入した。

「んくッ⁉」

わけがわからないまま貫かれ、湯船に落ちる。

ばしゃんと派手に水しぶきが上がった。

イザークはユーリアの腰を掴み、下からぐいぐい突き上げた。

「ぁふっ、んっ、あんっ、あっ、あっ、やぁあ――ッ」

達している最中だったのに、さらに執拗な刺激を強いられてユーリアは惑乱した。

極太の雄茎が容赦なく蜜壺を穿《うが》つ。揺さぶられているのか、自ら腰を振り立てているのかもわからなくなった。

乳白色の湯が飛び散り、濡れた裸身に薔薇の花びらが淫靡に貼りつく。

ユーリアの中に白熱した濁流が押し寄せ、意識が真っ白に塗りつぶされた。

恍惚の極みでユーリアはしばし法悦に浸った。

頭がじーんと痺れ、霧がかった視界では未だ光がはじけている。

イザークが頬を撫で、唇をぺろりと舐めた。

誘い出された舌をぬるぬると擦り合わせ、絡ませながら、ユーリアは彼に抱きつき、淫蕩なくちづけを繰り返した。

立て続けの絶頂ですっかり酔ったようになったユーリアは、イザークに抱き上げられて浴室を出た。

イザークは女官から受け取ったリネンで丁寧にユーリアの身体を拭き、用意された新しい夜着をまとわせると、ふたたび抱き上げてベッドへ戻った。

彼は腰から下をリネンで覆っただけの格好だ。

入浴の間にベッドは整えられ、シーツも新しいものに取り替えられていた。

そこにユーリアを寝かせると、彼は女官が差し出した薄手の化粧着を引っ掛けて枕に寄り掛かり、軽く手を振った。

すぐに脚付きトレイに載った朝食が運ばれてくる。

やっと恍惚から覚めたユーリアに、彼は上機嫌に手ずから朝食を食べさせた。

自分で食べますと言っても聞き入れてもらえず、羞恥に耐えながら雛鳥《ひなどり》のように食べさせてもらう。

隅に控えている女官たちにどう思われているかと考えると恥ずかしくて顔も上げられない。

イザークのほうはまったく平然として、ユーリアに食べさせながら自分も朝食を終えると、侍従に服を持ってこさせて悠然と着替えを済ませた。

ユーリアは夜着の上にショールを羽織り、彼が身支度を整えるのをベッドからぼんやり眺めた。

丈の長い揃いのジレとジュストコール、首元には白いクラヴァットを巻いて、ベッドに戻ってきたイザークは優しくユーリアにキスした。

「ゆっくり休むといい。要望があれば遠慮せず女官に言え。いいな」

「はい」

顔を赤らめながら頷く。

彼はもう一度ユーリアの頬にキスするとお付きの侍従を従えて出ていった。

女官が歩み寄って尋ねる。

「姫君、お着替えをなさいますか？　それともしばしお休みになられますか」

「あの……もう少し休んでもいいかしら……」

「もちろんです。お目覚めになったら鈴でお呼びください」

女官はベッド周りに紗《しゃ》の帳《とばり》を下ろしてくれた。

ユーリアはショールを外すと横になり、ふぅっと溜め息をついた。

（疲れた……）

昨日はまだ気が張っていたせいか、あまり疲労を感じなかったが、初めてだというのに繰り返し絶頂させられた反動で、急激に身体がぐったりしてくる。

彼を喜ばせられたのは嬉しいけれど、この調子で身体がもつのかしら……。

不安を覚えつつ、目を閉じたユーリアは急速に眠りに引き込まれていった。

目が覚めたときにはすでに昼になっていた。寝過ごしたと慌てていると、ヒルダがやってきてなだめた。

「大丈夫ですよ、姫様。お疲れでしょうし、どうぞゆっくりなさってください」

「え、ええ。ありがとう……」

（ヒルダは昨夜のこと、知っているのかしら？）

今までは彼女が来る少し前に自然と目が覚めていた。ヒルダが洗面用の水を持って起こしに来て、身繕いと着替えをするのが習慣だった。

いつもの調子で今朝もヒルダがやって来たとしたら、イザークと裸で抱き合っているのを見られたに違いない。

最初に目が覚めたときにはいなかったように思うが、焦っていたので気付かなかっただけかも。

それか、驚いて部屋から飛び出していったとか……？

結婚前に関係を持ってしまうなんて、はしたないと叱られそう……。そわそわしていると、ヒルダは少し照れたように言い出した。

「すみません、姫様。実はわたしも寝坊してしまって……。先ほど参ったところなのです」

「そ、そう。いいのよ、ヒルダだって疲れているはずだもの」

ユーリアはホッとした。どうやら恥ずかしい姿は見られずに済んだみたいだ。

しかしヒルダはユーリアの側仕えとして、とんでもない失態を犯してしまったと思い込んでいるらしく、気負った表情で言い出した。

「二度とこのようなことがないよう、気を引き締めますのでどうかお許しを」

「えっ。いいえ、そんな……」

また同じようなことがないとも限らない。ユーリアが焦っていると、女官が気を利かして言ってくれた。

「これからはわたくしどもが姫君の朝のお支度をいたします。ヒルダさんはゆっくり起きられてよろしいのですよ」

「そうは参りません。姫様のお世話をするのはわたしの役目です」

「ヒルダ」

むきになる乳母を、ユーリアはなだめた。

「これからはこちらでお世話になるのよ。あまり我を張るものじゃないわ」

「ですが姫様」

「ご心配なさることはありません。わたくしどもは何もヒルダさんのお仕事を取り上げようというのではないのですよ。ただ今後姫君がリーゼンフェルトのお妃様になられますと、それ相応のお支度をしなければなりません。ドレスの着付けや髪結いなど、かなり複雑ですし……ヒルダさんには姫君のお側《そば》で見ていただくほうがよろしいかと」

親切な女官に取りなされ、しぶしぶヒルダは頷いた。

「それもそうね。わたしではセンスに欠けるわ。……ではどうぞ姫様をよろしくお願いします」

「わかっております。くれぐれも丁重にお世話するよう陛下から承っておりますからご安心なさって」

それを聞いてようやくヒルダは愁眉を開いた。

ユーリアは女官の勧めでゆったりとして着心地のいい部屋着に着替え、ヒルダや女官たちとお喋りをして過ごした。

午後になると侍従が仕立屋を伴って現われた。ユーリアの衣装をひととおり揃えるようにイザークが命じたのだという。

シュミーズ姿になって寸法を測った後、仕立屋が持参したデザイン帳や生地見本を見ながら選ぶのだが、ユーリア自身はなんだか気が引けてしまって選べず女官たちに頼んだ。

女官たちは俄然《がぜん》張り切り、あれこれ仲間うちで議論しながら選び始めた。リーゼンフェルトの王宮には長らく女主人が不在で、女官たちはずっと不満だったようだ。

そこに以前からユーリアに素敵なドレスを着せたくてたまらなかったヒルダも参戦し、あっというまに注文数が十着を超えてしまったので慌ててユーリアは制した。

「も、もうそれくらいでいいわ。昨日貸していただいた王太后様のドレスもすごく素敵だから、あれを仕立て直して着ます」

「ですが、新品をと陛下が」

「王太后様にはお目にかかることができないから、代わりにドレスをお借りする……というのはだめかしら？　わたしからイザーク様にお願いしてみます」

女官たちは顔を見合せ、頷きあった。

「そういうことでしたら、きっと陛下も喜ばれるかと思います」

仕立屋の要望で、今度は王太后のドレスに着替える。仕立屋は様々な角度からドレスを点検して直す箇所を洗い出し、助手にメモをとらせた。

お直しのほうを先にするよう頼み、仕立屋に王太后のドレスを持たせて下がらせると、ユーリアはまたどっと疲れてしまった。

ヒルダはヴォルケンシュタインから持参した〈マンデヴィルの根〉をお茶にしてユーリアに飲ませた。

「……やっぱり、ずいぶん体力が落ちたみたいだわ」

ユーリアが溜め息をつくと、無理もないとヒルダは頷いた。

「ずっとお部屋に籠もりきりでしたからねぇ」

「こちらの翼棟には専用のお庭がございます。気兼ねなく散策していただけますよ」

女官の言葉にユーリアは頷いた。

「そうするわ。……明日から」

　小声で付け足し、ユーリアはお茶を飲んだ。


　その日の夕食はイザークとふたりで摂った。今夜も王太后のドレスを借りた。とても綺麗だとイザークは褒めちぎり、嬉しそうにユーリアの手にキスした。

　これからは基本的にふたりでの晩餐となる。今まではヒルダと一緒で、時にはフランツたちが同席することもあったが、今後はそういうわけにいかない。

　少し寂しいけれど、ユーリアが王女として遇されていたならもともとそんな機会はなかったのだ。

　そう思えば和気藹々《わきあいあい》と語り合った楽しい思い出に感謝する気持ちになる。

　イザークは、王太后のドレスを仕立て直して着たいというユーリアの願いを了解してくれた。

「遠慮しているのではないのだな?」

「違います」

　遠慮がないわけでもなかったが、ユーリアは首を振った。

「本当に素敵なドレスだから、誰も着ないのはもったいないと思って。こちらには王女様がいらっしゃらないそうですし」

「しかし古着には厭な思い出があるのではないか？」

「え……？」

「いや、ホフマン兄弟から聞いたのだが、異母妹のお古ばかり着せられていたとか」

イザークの気づかわしげな表情に、ユーリアは目を瞠った。

（まさか、それを気にして……？）

ユーリアは微笑んでかぶりを振った。

「そのようなことは、もう忘れました。これも王太后様のドレスですけど……似合いませんか？」

「そんなことはない！　とても美しいぞ」

力説するイザークに、ユーリアはふふっと笑った。

「多少仕立て直しはさせていただきますが。どれも素敵で、わたし本当に気に入っているんです」

「そうか……。それならよいのだ。母上も喜んでくださるだろう」

そう言ってイザークは少ししんみりした。

「ユーリアを両親に紹介したかったな。きっとふたりとも歓迎してくれたはずだ」

「わたしもお会いしたかったですわ」

エドワルドの様子や女官たちの話から、イザークの家族は仲むつまじかったことが窺える。

だからこそ、彼はユーリアの父王ディルクが娘を人質に取って脅すとは考えつかなかったのだろう。

そこが〈氷の覇王〉らしからぬ甘さなのかもしれないが、ユーリアにはとても好ましい気質に思えたのだった。


リーゼンフェルト王宮での日々は穏やかに過ぎていった。

ユーリアが暮らす翼棟は宮廷の中心部から離れており、とても静かだ。

王宮は扇状に広がる五つの細長い翼棟からなり、ユーリアの居館は北西の棟の奥にあった。南側は美しい庭園になっていて、天気がよければ毎日散歩した。季節は晩秋にさしかかっていたが、よく晴れて風が強くなければ小春日和で暖かい。

まだ薔薇もいくらか咲き残っていて、春になったらさぞ素敵だろうと想像しながら歩くのも楽しかった。

ユーリアは国王イザークの婚約者として丁重に遇されているが、実質的にはすでに王妃と見做されている。

まずは戦後処理の講和会議を仕切り直し、新条約を締結してから結婚式を挙げることで、家臣たちも納得した。

現在、先の会議がディルク王とリーゼンフェルトの逆臣ヴェーデルよる悪質な欺瞞《ぎまん》であったことを各国に通達し、改めて会議を開くことを要求しているところだ。

廷臣たちは、当初ユーリアを王妃とすることに難色を示した。

しかし無事脱出に成功したのはユーリアが協力してくれたおかげだとイザークが力説したこと、そして彼がユーリアをディルク王の許可を得ず強引に『攫《さら》って』来たことから、ある意味戦利品のようなものと判断されたらしい。

それをユーリアは特に不満には感じなかった。父王がイザークを嘘でおびき寄せた時点でヴォルケンシュタインはリーゼンフェルトの敵国となっていたのだ。

ともかく挙式は新条約成立後、ということで重臣たちもユーリアを王妃として迎えることを承知した。

彼らにとって〈氷の覇王〉イザークは国の誇りであり、崇敬の的だ。彼が強く望む女性を妃に迎えることに異論はない。

イザークは即位してからの八年間、戦争と内政の対応で息つく暇もないほど多忙だった。

そろそろご結婚を……と注進されても、それどころではないと撥《は》ねつけられてばかり。

そういう意味でも彼は〈氷の覇王〉だった。

そんな彼がようやく妃を娶る気になったのだ。めでたいではないか。

敵国の王女とはいえ、父を裏切ってイザークに味方したのだし、何よりイザーク自身が誰の目にも明らかなほどユーリアを溺愛している。

ユーリア姫こそがイザーク王にとって最上の戦勝祝いなのかもしれない。

そんなふうに廷臣たちは考え、納得したのだった。

イザークはこれまでずっと冷遇に耐えてきたユーリアに不自由な思いをさせることを嫌い、何人もの女官をつけた。

ヒルダはユーリアの話し相手という位置づけになり、専任の小間使いを与えられた。新たにつけられた女官たちともうまくやっている。

最初にユーリアに付いて色々と世話を焼いてくれたベテラン女官は、そのままユーリア付きの首席侍女となった。

彼女は名をイネスと言い、年齢は三十二歳。子爵夫人だったが若くして夫と死別、子がなかったため子爵家は義弟が継ぐこととなり、上級女官として宮廷に入ったという。

フランツとダニエルは正式にユーリア付き護衛官に任命された。今のところほぼ外出しないので護衛官の出番はないのだが、交替でユーリアの散歩に付き添ってくれる。

同行しないほうは所属する近衛連隊で訓練だ。最初は手荒い歓迎を受けたが、ふたりとも実力はあるのですぐに認められた。

リーゼンフェルトはつい最近まで戦争をしており、ことによってはふたたび戦争になるかもしれないという緊張感があって、近衛軍も日々厳しい訓練を欠かさない。

王宮で暮らし始めて半月ほど経《た》つと四人とも新しい暮らしに馴染《なじ》み始めた。

そんなある日のこと——。

ユーリアはヒルダとフランツに付き添われて庭園を散歩していた。冬の気配が日に日に深まり、庭の様子もだんだん寂しくなってきた。

「こちらは冬でもあまり雪は降らないそうですよ」

同僚から聞いたとフランツが教えてくれた。

「そうなの？　ヴォルケンシュタインよりも北にあるのにね」

「標高が低いからでしょう。降っても十センチ程度だとか。冷え込みもさほど厳しくないそうです」

「それはありがたいわ」

ヒルダが安堵の息をつき、ユーリアはくすっと笑った。

「もう薪《まき》の心配をする必要はないと思うわよ？」

「そうでした！　いつでも薪がたっぷりあると思うだけで安心ですわ」

ヴォルケンシュタインの王城は冬は雪に閉ざされてしまう。

国王一家は標高の少し低い南部の離宮に避寒に行くのが恒例だった。

そこで四か月ほど政務を執るため、廷臣や使用人たち、近衛軍はもとより王宮警備隊も半数が同行する。

むろんユーリアはいつも置いていかれ、南の離宮には行ったことがない。

人が減ってしんとした王城は物寂しい空気に包まれるけれど、意地悪な継母や異母妹がいないと思えば少しだけ心の負担が減った。

（……お父様はどうしていらっしゃるかしら）

酷《むご》い父でもやはり気にはなる。

イザークが脱獄したことはすぐに報告が行っただろう。だが、自分がいないことにはいつ気付いたか……。

いや、イザークがユーリアに執心していたことは知っているから、すぐに調べたかもしれない。フランツたちが消えたことに警備隊もすぐ気付いただろう。

そう考えると、あれほどイザークが急いだのも当然と思えた。いくら嵐に紛れたとはいえ、夜が明けてまもなく脱走は露顕したはずだ。

（捕まらなくて本当によかった）

今更ながらユーリアはホッとした。救助のために近衛兵の精鋭が来ていたが、戦闘になっていれば双方に被害が出たことだろう。

捨ててきた故郷とはいえ、できることなら衝突は避けたい。もちろん、そうはいかないことくらいわかってはいる。

（お父様の肩を持つつもりはないけれど……）

父とは完全に決別した。自分を盾にイザークを脅した、あのとき。

少し沈んだ気分になったユーリアは、ふと、庭園の茂みで何かがキラッと光ったことに気付いた。

何かしらと目を凝らすと、それは人間の頭部だった。青みがかった銀の髪が、陽光をはじいてきらめいている。

アイスシルバーの髪といえば、真っ先にイザークが思い浮かぶ。しかし、この宮殿の主であるイザークが茂みに隠れる必要などない。

それに、長身の彼が屈《かが》み込んでいるのだとしたら、ちょっと動きがおかしかった。妙にぴょこぴょこと動いているのだ。

「——姫様、お下がりください」

フランツも異変に気付き、剣に手をかけながらユーリアを庇《かば》う。ヒルダが慌てて前に出てユーリアを押しとどめた。

「何奴《なにやつ》だ、出てこい！」

フランツが鋭く詰問すると、ぴたりと茂みの動きが止まり、照れたような困ったような声がした。

「あ。見つかっちゃった」

澄んだ少年の声音にユーリアは目を瞠った。

「……エドワルド様？」

ガサガサと茂みが揺れ、現われたのは果たして王弟エドワルド王子だった。

サイズが小さいだけで大人と同じデザインのジュストコールにジレ、ブリーチズという貴公子らしい格好だが、乱れた髪や服にはたくさんの葉っぱがまとわりつき、袖はめくれ、クラヴァットも曲がっている。

「何をなさっているんですか、こんなところで」

抜きかけた剣を戻したフランツが呆れた調子で尋ねる。

ユーリアは急いでエドワルドの前に屈み込み、手ずから葉っぱを取ってやった。

「ごめんなさい、義姉上。静養の邪魔をしてはいけないと兄上からきつく言われたんだけど……どうしてももう一度義姉上にお目にかかりたくて」

しゅんと詫びられてユーリアは目を丸くした。

「まぁ。イザーク様がそのようなことを？」

「ごめんなさい。邪魔するつもりはなかったんです。だから陰から見てたんだけど、見つかっちゃった」

「邪魔だなんて。そんなことありませんわ。いつでも遊びに来ていただいてかまいませんのよ」

「本当？」

「はい」

微笑んで頷くと、エドワルドは安堵して笑顔になった。それが兄のイザークとてもよく似て見えて、ちょっとドキドキしてしまう。

「エドワルド様、一緒におやつはいかがですか？」

「いいの？」

ぱっとエドワルドが目を輝かせる。

頷いてユーリアは少年の手を取った。

居館に戻るとエドワルドを見てイネスは少し驚いた顔をしたが、すぐに彼の分も支度をしてくれた。ついでに王弟付きの侍女長に連絡するよう取り計らってくれる。

晩餐は八時頃なので、夕方に軽食を取るのだ。ふつう散歩が終わるとフランツは退出するのだが、エドワルドがいるので今回は残り、目立たぬ場所に控えた。

甘くないケーキや、スパイス入りのミルクを口に運びながら、エドワルドはユーリアに尋ねた。

「義姉上、ご病気なんですか？」

「え？　いいえ、違うけど……どうして？」

「兄上が仰ったんです。義姉上はとてもお疲れで、静養なさっているから邪魔をしてはいけないって」

ユーリアは苦笑した。イザークにはどうも過保護なところがあるようだ。

「大丈夫ですよ。もうすっかり元気になりましたから」

「よかった！」

エドワルドはにっこりした。

訥々《とつとつ》と彼が語ったところによれば、エドワルドはこの半年、兄が病気療養中ということで、たいそう心細い思いをしていたらしい。

それも当然だろう。物心つかぬうちに両親を事故で亡くしたエドワルドに取って、イザークはたったひとりの肉親であり、保護者なのだ。

「僕、父上の顔も母上の顔も覚えてないんです。肖像画で見て知ってるけど、思い出はひとつもないの。兄上のお話から想像すると、きっと優しかったんだろうな……って」

「ええ、わたしもそう思いますわ」

「僕と兄上、すごく歳が離れてるでしょう？　本当はね、間に姉上がふたりいたんだって。でも、ふたりとも僕が生まれる前に病気で死んじゃったの」

「まぁ……そうでしたか」

「兄上も時間があるときは僕と遊んでくれたけど、やっぱり忙しいから……。姉上が生きていらしたら、兄上より歳も近いし……もっと遊んでくれたのかなって」

　寂しそうにエドワルドは肩をすぼめた。

「だから、兄上がお嫁さんを連れてきてくれて、嬉しかったんです。すごく綺麗で優しそうな方だし……」

　エドワルドは素直な称賛のまなざしをユーリアに向けた。

「あの。時々遊びに来てもいいでしょうか」

「もちろんですわ。いつでもいらしてくださいな」

「本当？　嬉しいな！　ああ、でも兄上に叱られるかも。ちゃんと勉強しなきゃだめだって」

「勉強はお嫌いですか？」

　尋ねるとエドワルドはきまり悪そうにうつむいた。

「音楽と絵の授業は好きだけど、それ以外はあんまり……。すぐに飽きて、そわそわしちゃうんだ」

「でしたらわたしと一緒にお勉強いたしましょう」

「義姉上と？」

　びっくりしてエドワルドが目を瞠る。ユーリアは頷いた。

「ちょうどイザーク様に教師をつけていただけないか、お願いしようと思っていました。実はわたし……リーゼンフェルトのことをよく知らないのです。この国の王妃になるのにそれでは申し訳なく、勉強したいと思っていました。だからエドワルド様と一緒に勉強させていただけるようお願いしてみます」

エドワルドは空色の瞳を輝かせた。

「義姉上と一緒に勉強できるの？　嬉しいな！　ぜひ兄上に頼んでください」

はしゃぐエドワルドに、笑顔でユーリアは頷いた。


晩餐を終えると、早速ユーリアは勉強の件をイザークに頼んでみた。彼の居室は別の棟にあるのだが、もっぱらユーリアの居室で夜を過ごしている。

身繕いを済ませ、暖炉の前の長椅子で寄り添いながら切り出すと、彼は憮然とした。

「エドワルドの奴め、こっそり覗《のぞ》くなど情けない」

「別に覗いていたわけではありませんわ」

「覗いてただろ」

「そうですけど……。散歩しているのを陰から見ていただけですよ？　それもイザーク様が面会を禁止なさったからです」

イザークはばつが悪そうに肩をすくめた。

「貴女を煩わせたくなかったんだ。ほら、異母妹に苛められてたから……」

「気を回しすぎですわ。エドワルド様はお優しい方ですのに」

「というか気が弱いのだ。いい子ではあるのだが」

「内気な質なのでしょう。弱気とは違います」

「どうかな」

「イザーク様の弟君ですもの」

自信満々に言うと彼は目を瞬き、破顔した。

「それをエドワルドに言ってやってくれ」

「お伝えします。一緒に勉強してもいいですよね？」

「ああ。手配しておく」

「よかった」

微笑むユーリアを抱き寄せ、からかうように耳元で彼は囁いた。

「俺以外の男にそんな笑顔を見せないでほしいな」

「男って……弟君ですよ？」

「だからこそだ。俺と好みが似ていてもおかしくない」

「エドワルド様はまだ十歳でしょう」

呆れるユーリアの頬に、イザークはチュッとキスした。

「恋をするには充分さ」

「もう……イザーク様ったらやきもち焼き」

「なんだ、知らなかったのか？」

彼はククッと喉を鳴らし、ユーリアの唇をふさいだ。すぐに舌が入り込んできて顔を赤らめる。

誘惑するように舌が蠢き、おずおずと差し出した舌に彼のそれが絡みつく。ちゅぷっと濡れた音が上がり、口腔を征服するかのように激しく吸われた。

「んッ！　んぅ……ん……ん」

鼻にかかった喘ぎを洩らしながらユーリアは彼の頬をまさぐった。生理的に浮かんだ涙で睫毛が濡れる。

初めてイザークを受け入れた日から、ほとんど毎晩のように抱かれている。それはすでに眠りに就く前の決まり事のようになっていた。

そのせいかユーリアは匂い立つような色香をまとうようになった。

愉悦を教え込まれた肉体はちょうど食べ頃の果実を思わせ、なまめかしい香気を放つ。

これまでのユーリアも大層な美姫《びき》ではあったが、どこか頑なさが感じられた。イザークが死んだと思い込んでいた半年間は、それこそ血の通わぬ彫像のようだった。

凍りついていた固い蕾が春の陽射しを浴びて急速にふくらみ始めるように、イザークの愛に包まれてユーリアの内で眠っていた柔媚《じゅうび》なたおやかさが表に現われたのだ。

それはイザークにとって喜ばしく、熱愛に拍車をかけるものだったが、困ったこともある。

本人にその自覚がまったくないのだ。

誘惑する気などユーリアには毛頭なくても、思慕を湛《たた》えた無邪気な瞳で見つめられるだけで、イザークは恐ろしいほど欲望を掻き立てられてしまうのだった。

「んっ、んっ、んぅ……ッむ」

舌の付け根をきつく吸われ、ユーリアは息苦しさと快感で身悶《みもだ》えた。下腹部が不穏に蠢き、危うい感覚に焦って男の肩を掴む。

（だめっ……）

離して、と肩を揺さぶって訴えれば、さらに激しく口唇を貪られた。

（ああ、もう……っ）

濡れた花襞の中心から狂おしいほどの快感が噴出する。

「～～～ッ……！」

なすすべもなく一気にユーリアは悦楽の高みに駆け上がった。唇をふさがれたまま、びくっ、びくんと腰が跳ねる。

ようやく唇を離してイザークが囁いた。

「どうした？　くちづけだけで達してしまったのか」

答えることもできず涙目で喘いでいると、彼は無造作に夜着の裾をめくり、武骨な指で茂みの奥を探った。

「ひんッ」

「こんなトロトロにして……。ほら、もうぐちゃぐちゃだぞ」

くっくっと笑いながら蜜溜まりを掻き回され、ユーリアはびくびくと身体を引き攣らせた。揃えた指が二本、花弁のあわいに滑り込んでくる。

「あっ、あっ、あんっ、ひや……ぁ……あぁあッ」

じゅっぷじゅっぷと指を蜜孔に突き立てられ、激しく抽挿されて、ユーリアは背をしならせ、あられもなく悶《もだ》えた。

その痴態を憑《つ》かれたように見つめ、イザークがちろりと唇を舐める。ユーリアは男の指を深く銜《くわ》え込んだまま、端なくも絶頂してしまった。

「んくッ……ん……はぁ……あ……」

痙攣する花陰からずるりと指が抜き出される。

蜜に濡れそぼった指を、見せつけるように舐められてユーリアは赤面した。

「感じやすい身体だ。この調子では、見られただけで濡れてしまうのではないか？」

「……イザーク様にならっ……」

閉じた脚をもじもじとすり合わせ、消え入りそうな声でユーリアは呟いた。

イザークは満足げな笑みを浮かべ、半ば勃ち上がった雄茎を悠然と取り出した。

「おいで」

促され、おずおずと彼の膝を跨《また》ぐ。

こういう体勢で抱き合うのは初めてだ。しかもベッドではなく長椅子の上。はしたなさに込み上げた羞恥が昂奮とない交ぜになる。

イザークはユーリアの夜着を脱がせると、円を描くように両の乳房を捏ね回した。

この半年で痩せて胸も小さくなったはずだが、毎晩のように揉まれ、刺激されているせいか、また大きくなってきた気がする。

もともとユーリアはほっそりしているわりに胸は豊かだった。以前、〈北の塔〉の窓から飛び下りようとしたときには胸がつかえて通り抜けられなかったくらいだ。

古い塔の窓は光を多く取り込むために内側は広く取られているが、外側は肩幅ほどしかない。

イザークが生きていたことを思えば、失敗してよかったのだけれど……。

愛《いと》おしそうに乳房を揉みしだき、屹立の先端でユーリアの秘処をまさぐりながら彼は囁いた。

「欲しいか？」

「ん」

頬を染めながらも素直に頷くと、彼はニヤリとした。

「なら自分で挿れてみろ」

「は、い……」

ユーリアはそろそろと下ろした手を太棹に添え、蜜口へと導いた。花芽の根元に先端をこすりつけ、おそるおそる腰を落とせばひときわ張り出した雁《かり》がぬぷんと沈む。

思い切って膝から力を抜くと、ずぷぷっ……と淫刀が蜜鞘に滑り込んだ。ごり、と奥処を突き上げられる感覚に顎を反らしてしがみつく。

「ンッ……」

ユーリアは熱い吐息を洩らした。イザークの膝にぺたりと座り込み、互いの陰部が隙間なく密着しているのを感じながらゆっくりと腰を揺らし始める。

(気持ちいい……)

最初はあんなに痛かったのに、今は逞しい雄芯で隘路をいっぱいに満たされる感覚がたまらない。

うぶな花筒は早くもイザークのかたちを覚え、ぴったり合うように作り替えられてしまった。彼の欲棒が鍵となり、めくるめく快楽への扉が開かれるのだ。

(あ……。奥処……当たっ、て……！)

ずんずん突き上げられるたび、快楽で下がってきた子宮口に先端が当たり、クラクラするような愉悦が生まれる。

ひときわ濃い精水《きみず》が噴き出し、トロトロと肉槍の穂先にまといついた。

「ぁッ、ぁッ、ぁン、ンン」

広い肩にしがみつき、厚い胸板に乳房を押しつけて腰を振りたくる。

ぐいぐい腰を挿れながらイザークは熱っぽく囁いた。

「なんと淫らな……。普段はあれほど清楚《せいそ》で優雅なのに、俺の膝ではまるで途方もない淫乱のようではないか」

「ぁ……。ごめ……なさ……ッ」

「っふ、詫びることはないさ。この媚態《びたい》を俺以外の男に晒《さら》したりしなければ、な……」

「しな……っ、そんなこと、しな……ぃわ……っ」

かし、と乳首に歯を立てられ、ユーリアはヒッと顎を反らした。

「貴女は俺のものだ。俺だけの……。わかっているな?」

ガクガクとユーリアは頷いた。

「すき……。イザーク様……っ。あぁ、もっと……もっと突いて……奥処……ッ」

「ふふ、おねだりが上手くなったな」

ちゅ、と頬にキスされ、望みどおりに最奥をごりごりと突き上げられる。次第に抽挿が激しくなり、イザークの息遣いが荒くなった。

眼裏でチカチカと光が瞬き、下腹部がきゅうきゅう疼く。

「あっ。あっ。あ……ッく。……ぃくッ……ぃくぅ……ッ」

うわ言のように喘ぎ、頑健な体躯にしがみつく。ぎゅっと目をつぶり、ユーリアは逆巻く恍惚に押し流された。

痙攣する身体をイザークが固く抱きしめる。

ドクドクと注がれる熱情の滾りが奔流となってユーリアの蜜壺をいっぱいに満たした。

「ん……」

身体を繋げたまま互いの唇を貪りあう。唾液が淫らに糸を引き、さらに飽かずくちづけを交わした。

胎内に居残る肉棒は未だ芯を残している。イザークが甘く囁いた。

「ベッドへ行こう」

こくんと頷くと、彼は挿入を解かぬままユーリアを抱いて立ち上がった。

ベッドに下ろされ、のしかかるイザークの背中に腕を回す。

ふたたび抽挿が始まり、ユーリアはくなくなと腰を揺らしながら甘い嬌声を上げ続けた。


「——では、本日はここまでにいたしましょう」

教師役の博士が告げると、隣でエドワルドがホッと溜め息をつくのが聞こえた。

ユーリアは笑いを噛み殺し、うやうやしく身をかがめる博士に会釈した。

博士が部屋を出て行き、待ちかねたようにエドワルドは大きく伸びをした。

「ふー、終わったぁ」

「お疲れさまでした。今日の座学はこれでおしまいですよ。午後からはエドワルド様のお好きな絵画の授業です」

「うん！」

ふたりは長方形のテーブルに並んで座り、地理と歴史の授業を受けていた。

壁には立派な地図が二枚掛けられている。一枚はリーゼンフェルト一国を描いた地図。もう一枚は周辺国も含めた広域地図だ。

これまでユーリアは教師に付いて学んだことがない。習ったのは最低限の読み書きだけ。父も義母もユーリアに教養を身につけさせる気など一切なかった。

やむなく城の図書室にある本を片っ端から読みあさって知的好奇心を満たした。

城の外の世界がどんなものか知りたかったし、国の成り立ちにも興味があった。しかし、とにかく読めそうなものから読んでいったので、まったく系統立っていなかった。

そんなゴチャゴチャした知識が講義によって少しずつ整理されていくことは、ユーリアにとってまさしく世界が開けていくような感覚だった。

無知を嗤われるのを覚悟で、どの分野の教師にも積極的に質問した。教師たちはそんなユーリアを馬鹿にするどころか、喜んで質問に答えてくれた。

ただ単に自分の好奇心を満たすためだったのだが、ユーリアの勉学熱心な態度は学者たちを感心させ、勉強嫌いのエドワルドにも良い影響を及ぼした。

エドワルドはこれまで好きな課目以外にはまったくやる気を見せなかったのだが、ユーリアと一緒に勉強するようになると、授業内容に段々と興味を示すようになった。

やがてはそれが家臣たちにも伝わり、ユーリアの評価は一段と高まった。

ヴォルケンシュタインを敵視する気持ちは変わらないが、イザークの溺愛に甘えることなく、立派な王妃になろうと自ら努力するユーリアの姿は好ましいものに映ったのだった。

むろん反発を覚える者もいないわけではない。しかし大多数はユーリアのことを、敬愛するイザーク王の伴侶にふさわしい女性だと認め始めている。

「――エリュアールとリーゼンフェルトは、もともとひとつの国だったのですね。知りませんでした」

ユーリアは壁の地図を眺めて呟いた。

二国ともヴォルケンシュタインの北側で国境を接している。リーゼンフェルトが北西、エリュアールが北東の方角だ。

エドワルドが頷いた。

「昔はひとつのとても大きな国だったの。でも、大きすぎて統治が行き届かなくなって……双子の王様が国を分けることにしたんだって。困ったときはお互いに助け合うことを約束して」

リーゼンフェルトは平野が多く、エリュアールには豊かな森が広がっている。お互いの特産品を流通させることで、二国は歩調を合わせて発展してきた。

「エリュアールのオーレル王はね、兄上の幼なじみなんだよ」

「まぁ、そうなんですか」

「うん。戦争前は互いの宮廷を行き来してたの。僕にとってはもうひとりの兄上みたいな人」

エリュアールの国王と言えば、先の講和会議でイザークの『病欠』を怪しみ、ユーリアの父王ディルクやイザークの名代を称するヴェーデル伯爵を問い詰めた挙げ句、話にならぬと憤激して真っ先に帰ってしまった人だ。

「戦争中も、戦いの行き帰りとか王宮に寄って僕と遊んでくれたの。おもしろい人だよ。――義姉上、ファルネティ大公国のグリゼルダ姫は知ってる？」

急に問われてユーリアは面食らった。

「え？　ええ、顔見知り程度だけど……。義母《はは》の元で行儀見習いを兼ねて読書係をなさっているわ。でも、お話ししたことはないの」

「グリゼルダ姫はオーレル兄様の婚約者なんだよ」

「そうだったの！」

ファルネティ大公国は南方の海沿いにあり、海洋貿易が盛んな国だ。

昔からレゼリア王国とは仲が悪く、先の戦争ではエリュアールに次いでリーゼンフェルトへの加勢を表明した。

　グリゼルダがヴォルケンシュタインで行儀見習いをしているのは、古い姻戚関係からそれが慣例になっていたからだ。

「グリゼルダ姫はヴォルケンシュタインへ行くとき、回り道をしてうちにも寄ったんだよ。二年前……だったかな？　まだ戦争中だったけど、うちから行くほうが道がなだらかなんだって」

「そうですね。ファルネティからだと直線距離ではエリュアール経由でヴォルケンシュタインへ入ったほうが近いですが、確かに道は険しいです。馬車が通れない場所もあるわ」

　地図を眺めてユーリアは頷いた。

　二年前ならさほど激しい戦闘はなかったはずだ。すでにイザークは〈氷の覇王〉の勇名を轟《とどろ》かせ、敵国は慎重になっていた。戦線もずっと北寄りで、危険は少なかっただろう。

　うん、とエドワルドは頷いた。

「うちに三日くらい滞在したんだけど……僕、挨拶以外に喋った覚えがなくて。綺麗だけど、すごくおとなしい人だった。恥ずかしがり屋なのかなぁ？　僕、兄上に言われて庭を案内してあげたんだけど、全然話が続かなくて、なんだか気まずかった」

　確かにおとなしそうな人だとは思ったが、そこまで極端な人見知りだったとは。

　高飛車できつい性格のパウリーネやハイデマリーの相手が務まるのかと今更ながらユーリアは心配になってしまった。

と、そこへノックもせずに扉が開いて、ひょいとイザークが顔を出した。

「ここにいたのか。勉強は終わったか？」

「兄上！」

パッとエドワルドが顔を輝かせる。本当にイザークのことが好きなのだなとユーリアは微笑ましい気持ちになった。

立ち上がってお辞儀《カーツィー》をすると、イザークは微笑んでユーリアの頬にキスした。

「どうだ？　楽しくやってるか」

「はい。毎日とても楽しいです」

「学者たちも教えがいがあると喜んでる。エドワルドもユーリアにつられて勉強に身が入るようになったようだしな」

くしゃりと髪を撫でられ、エドワルドはくすぐったそうな笑顔になった。

「あの、イザーク様。何かあったのでしょうか……？　今はご政務中のはずでは」

ふと不安を覚えてユーリアは尋ねた。

まさかとは思うが、自分のことで父が何か言って来たのでは。自分の存在がイザークに迷惑をかけるかもしれないという危惧が、心の奥底で頭をもたげる。

だが、イザークは満面の笑みをユーリアに向けた。

「舞踏会の開催が五日後に決まったので、真っ先に貴女に知らせようと思ってな」

「違う。貴女をお披露目《ひろめ》するための舞踏会だ」

「わたしの⁉」

驚愕するユーリアに、イザークは機嫌よく頷いた。

「結婚式は新条約成立後だが、貴女の立場をはっきりさせるためにもお披露目をする必要がある。国内の貴族たちに、貴女が俺の婚約者であることを知らしめておかねば」

「舞踏会って……わたしも踊るんですか⁉」

「主役が踊らずにどうする」

青ざめるユーリアに、イザークは眉をひそめた。

（ど、どうしよう……。わたし……踊れない……！）

王女であればダンスはできて当然だ。

ヴォルケンシュタインの王宮でも頻繁に舞踏会が開かれていた。しかし、義母はもとより実父にまで疎まれていたユーリアは舞踏会に招かれたことは一度もないし、そもそもダンスを教わっていないのである。

（そんなこと、恥ずかしくて言えない……）

だが、言わなければ大恥を掻くことになる。自分だけならまだしも、イザークに恥を掻かせてはいたたまれない。

（正直に言わなければ。ああ、でもエドワルド様の前では言いづらいわ）

ユーリアとて多少の見栄《みえ》はある。

「どうした？　ダンスは嫌いか」

「き、嫌いではありませんが……」

言いよどんでいるとイザークはピンと来たらしい。

「苦手なんだな」

「は、はい。そうなんです。ダンスは苦手なんです。もの、すご、く」

そうか、とイザークは腕組みをしてしかつめらしく頷いた。

中止してもらえるのかと安堵しかけた途端、彼はにこやかに言い出した。

「では練習しよう」

「……はぃ？」

「苦手を克服するには練習あるのみ」

「…………はぁ」

「そうですよ、義姉上！　僕、乗馬が苦手でしたが、何度転げ落ちてもめげずに乗ってたら乗れるようになりました！」

目をキラキラさせてエドワルドに応援され、ユーリアはひくりと口許を引き攣らせた。

「そ、そうね……」

「もしや乗馬も苦手か？」

「ものすごく苦手です」

イザークの含みのある問いに、泣きたい気分で答える。

「では、やはり練習あるのみだな」

「大丈夫です、義姉上！　僕が乗れるんだから義姉上だって乗れるに決まってます」

「だと……いいのだけど……」

「乗馬は春になってからでいい。まずはダンスの特訓だ。俺が相手をしよう。どうせ俺と踊るのだから、練習も俺としたほうがいいに決まってる」

「兄上、義姉上を他の男性と踊らせたくないのでしょう？」

「よくわかってるじゃないか」

笑いながら髪をくしゃくしゃされてエドワルドが無邪気な歓声を上げる。

改めてイザークににっこりされて、ユーリアは腹を括った。

「……よろしくお願いします」

それから五日間、毎日ダンスの特訓をした。基本のステップはすぐに覚えられたので、イザークとの練習だけでなく、フランツとダニエルにも相手になってもらって練習した。

乳兄弟たちが踊れることを、ユーリアは初めて知った。ふたりとも王宮警備隊で習い覚えたそうだ。

軍隊でも舞踏会はよく行なわれるし、王宮の舞踏会に数合わせとして呼ばれることもあるのだという。

知ってたら習っておいたのに、と残念だったが、ふたりが相手をしてくれたおかげで、五日後には舞踏会で必須の三曲——ブランル、ガヴォット、メヌエットを危なげなく踊れるようになっていた。

舞踏会は東西に長く伸びる翼棟の西側部分で行なわれた。

長方形の大広間には縦長の窓がずらりと並び、天井から吊り下げられた豪華なシャンデリアの灯を映してきらめいている。

今回の舞踏会はユーリアのお披露目という名目だったが、イザークが『全快』して初めての舞踏会ということもあり、快癒祝いも兼ねてリーゼンフェルトの主だった貴族のほぼすべてが出席していた。

イザークがヴォルケンシュタインに囚われていたことを知っているのは、救出部隊を除けば側近の重臣たちだけだ。大多数はこの半年間、王は病に臥せっていたのだと思い込んでいる。

もしもそれが知られれば、ヴォルケンシュタインの王女であるユーリアが王妃となることに感情的な反発を覚える者は少なくないだろう。

いずれ真実を明かすとしても、それまでにユーリアの立場を磐石《ばんじゃく》のものにしておきたい。そうイザークは考えている。

さいわい、事情を知る重臣たちはユーリアの人となりに触れることで、没義道《もぎどう》なヴォルケンシュタイン国王とその娘であるユーリアとを切り離して考えられるようになった。

ユーリアの影響でエドワルド王子が勉学に励むようになったことも、好感度が急上昇した要因のひとつだ。

真実を知らぬ多くの人々は、敬愛する国王の快復と結婚を単純に喜んでいる。

美しく着飾ったユーリアが姿を見せると、大広間に詰めかけた人々は一斉に歓声を上げた。

「なんてお美しい方……」

貴婦人たちが溜め息を洩らせば、

「我らが陛下にふさわしい姫君だ」

と夫君の貴族たちが頷く。

女官たちが選び抜いたきらびやかな衣装は上品な薔薇《ばら》色のドレスで、肘から垂れる繊細なレースは最高級品の三枚重ね。

胸元の当て布《ピエス・デストマ》には薔薇色のサテンリボンが並び、台形に開いた胸元の縁取りにもレースがふんだんにあしらわれている。

下に履いたジュプ《スカート》の二段になった裾にもたっぷりとレースが使われ、薔薇をかたどった大きな飾りがついている。

首元には天鵞絨とレースのチョーカーを着け、左手首に刻まれた線が見えないように、真珠を連ねたブレスレットを両方の手首に巻きつけている。

アッシュゴールドの髪は軽くねじって結い上げ、前髪をほどよく膨らませてダイヤモンドとエメラルドをちりばめた櫛を挿した。

唇にはドレスに合わせた紅をほどよく差し、軽く白粉《おしろい》をはたいて薄化粧している。

白い肌に頬のピンクがほんのりと透けるさまは初々しく、白薔薇のような清純な美貌に居合わせた人々は感嘆の溜め息を洩らした。

イザークは愛と賛美のこもったまなざしでユーリアを見つめ、先細りのしなやかな指先にそっとくちづけを落とした。

彼が身にまとっているのは大きな折り返し袖のついた紺碧《こんぺき》のジュストコールと同色のブリーチズで、中に着たジレには金糸で精緻な刺繍が施されている。

凝った結び方のクラヴァットは端に房飾りがついており、やはり刺繍の施された袖口からはレースが覗いていた。

イザークがユーリアに見とれたように、ユーリアもまた彼に見とれてしまった。

美しいアイスシルバーの髪は左右に作った細い三つ編みに小粒の宝石を嵌《は》め込んで後ろで結び、残りは背に垂らしている。

シャンデリアの灯で、彼の髪はなんとも言えない神秘的な輝きを発していた。

称賛と感動が込み上げ、ユーリアは鳥肌立つような感覚とともに彼を見つめた。

イザークはもう一度ユーリアの指先にキスすると、手をつないで廷臣へ向き直った。

「みな、今日はよく来てくれた。長患いで心配をかけたが、無事快復し、こうして妻となる女性を紹介できることを嬉しく思う」

集まった人々から拍手が巻き起こる。「おめでとうございます」といくつもの声が上がった。

イザークは微笑んで頷き、つないだ手を掲げた。

「紹介しよう。我が婚約者にして最愛の女性である、ヴォルケンシュタイン王女、ユーリア姫だ」

歓声と拍手が沸き起こり、ユーリアは胸を熱くしながら軽く片足を引いて腰を落とし、優雅にお辞儀《カーツィー》をした。

「ユーリアと申します。このたびリーゼンフェルト国王イザーク陛下の元へ嫁ぐことができ、たいへん光栄に思っています。王妃としての務めを全力で果たすつもりですので、どうぞよろしくお願いいたします」

かすかに声が震えてしまったが、それも好意的に受け取ってもらえたようだ。にこやかな笑顔で拍手を贈られ、ユーリアはホッとした。

挨拶が済むと、いよいよ舞踏会の始まりだ。ユーリアとイザークが手をつないで広間の中央へ出て行くと、重臣たちが奥方の手を取って続く。

宮廷楽団が演奏を始め、まずは儀礼的な集団舞踏を踊った。練習のかいあって、間違えることなく踊ることができた。

順番を入れ替えながらダンスを続け、ユーリアたちが先頭に戻って曲が終わる。次はまた別の集団舞踏。そして、男女ペアで踊るメヌエットへと続く。

毎日イザークと練習してステップは身についたが、公衆の面前で踊るのはやはり緊張する。

さいわい躓くこともなく、踊りきることができた。

休憩を挟みながら踊っていると、だんだんと緊張もほぐれてユーリアはダンスを楽しめる気分になってきた。

手をつないだり、向かい合ったりしながらゆったりと歩を運ぶ。

愛にあふれた彼のまなざしに出会うたび、うっとりした心地になった。

ときおり触れる指先から伝わる熱。

踊っているうちに他人の視線など気にならなくなる。

ただ愛を込めて彼を見つめながらステップを踏んだ。

ひとつひとつの所作に想いを込めて。

まるで夜空の下、ふたりだけで踊っているような心持ちで、ユーリアはメヌエットを踊り続けた。

舞踏会の翌朝、ユーリアと朝食を摂っていたイザークの元に書簡が届いた。

早馬だったので、緊急の用件かもしれないと侍従が届けにきたのだ。

一読してイザークは渋い顔になった。

「どうかなさったのですか？　何か悪い知らせでも……？」

「悪いわけではないが、嬉しくもないな。明日オーレルの奴が来る」

どこかで聞いた名前……と首を傾げたユーリアは、ふとエドワルドとの会話を思い出した。

「あ。エリュアールの国王様ですね。イザーク様とは幼なじみだと、エドワルド様にお聞きしました」

「ああ。奴のほうが二歳上だが、幼い頃から互いの宮廷を行き来していた」

「講和会議にいらっしゃるのですね」

それにしてはちょっと早すぎるような……と思ったら、案の定イザークは不機嫌に顔をしかめた。

「会議は一週間後だ。議場となる離宮はエリュアールから直行したほうがずっと早いというのに、わざわざ遠回りまでして貴女の顔を見に寄るそうだ」

「わたしですか⁉」

「『嫁に会わせろ』と何度も書かれてる」

イザークは鬱陶しそうに書簡をヒラヒラさせた。

「オーレルはけっして悪い奴ではないのだが……とにかく美女に目がないのだ。どこそこに美女ありという噂《うわさ》を聞けば、どんな遠方だろうと嬉々として出かけていく。ある意味まめな奴だ」

「はぁ……」

「美女を見かければ速攻で誘いをかける。何はともあれ美女ならば一度は口説かねば失礼だと思っているらしいのだ。そういうものなのか？」

「さ、さぁ、どうでしょう……？」

イザーク以外には口説かれたことがないので、どぎまぎしながら首を傾げる。

「まぁ、嫌がる女性に無理に迫るようなことはしないから、適当にあしらってくれ。不快に感じたときは足を踏んづければ引き下がる」

一国の王に対してそれはちょっと……とユーリアは顔を引き攣らせた。

「――あ、でもオーレル王は婚約者がいらっしゃいますよね？　ファルネティ大公国のグリゼルダ様」

「ああ、そうだ。ヴォルケンシュタインで行儀見習いをしている」

「はい。でもわたしはお話ししたことがないのです」

「らしいな。マティアスが姫から聞いたと言っていた」

　イザークはちょっとためらい、話を続けた。

「実はオーレルは以前、俺の妹と婚約していたんだ。四つ下だから、生きていれば……二十歳か。もう結婚していただろうな」

「お姉様がふたりいらしたのだと、エドワルド様からお聞きしました」

「うん。あいにくどちらも夭折《ようせつ》してしまってな。オーレルの美女好きは筋金入りだから、母后が心配してグリゼルダ姫と婚約させたんだ。大した効果はなかったようだが」

「でも、グリゼルダ様だってとてもお綺麗なはずですわ」

「そうなんだが、おとなしすぎてつまらんらしい。会っても会話が成り立たぬと愚痴ってた」

「緊張していらっしゃるだけなのでは？　わたしだって初めてイザーク様にお会いしたときはうまく話せませんでした」

「そうか？　俺は一緒に歩くだけで楽しかったぞ」

「わ、わたしもです……」

　衒いのない言葉に顔を赤らめる。

　イザークは微笑んでユーリアにキスした。

「そうだ。俺たちの仲をオーレルの奴に見せつけてやろう。どうせ邪魔するつもりで押しかけてくるんだからな」

「そ、そんな。きっとイザーク様を心配なさっているのですわ。ご自分の目でイザーク様がご無事であることを確かめたいのでしょう」

「そうかな?」

「そうですよ」

「貴女は優しいな」

嬉しそうに笑い、イザークはユーリアを自分の膝に乗せて抱きしめた。業《は》を煮やしたマティアスに急《せ》き立てられるまで、彼はユーリアの唇を甘く食み続けていた。

第四章　思わぬ再会

十一月に入り、王宮には朝霧がかかるようになった。霧が霽《は》れれば晴天が広がるが、朝まだきは薄暗い。

濃霧が消え始めた朝の十時頃。上空で輝く陽光を受けて白く渦巻く靄《もや》のなかから馬車と騎馬の一群が現われた。

豪華な作りの馬車はリーゼンフェルトの王宮目指して軽快に進んでゆく――。

「――やはり生きてたな！」

喜ばしげな声を上げ、エリュアール国王オーレルは、出迎えたイザークをガシッと抱きしめた。

「そう簡単にくたばってたまるか」

熱烈な抱擁にたじたじと苦笑しつつ、イザークは友人の背をぽんぽん叩いた。

「そうだよなぁ！」

嬉しそうに、オーレルはさらにぎゅうぎゅう抱きしめてくる。

なにしろイザークと並んでも遜色ないくらいの偉丈夫なので膂力《りょりょく》も相当だ。

ぐえぇと呻いたイザークは盟友の背をバシバシ叩いた。

「おいっ、いいかげん離れろ！　俺を絞め殺す気か⁉」

「おお、すまんすまん」

やっと離れたオーレルをしかめっ面で睨み、イザークは目を丸くしているユーリアに向き直った。

「紹介しよう。エリュアールの国王、オーレルだ。——オーレル、彼女は俺の」

「おおっ、これがおまえの嫁御か⁉　なんと、すごい美人じゃないか！　俄然おまえの審美眼を見直したぞ」

「…………妻のユーリアだ」

いそいそとユーリアの手を取って唇を押し当てる幼なじみを半眼で睨み、憮然とイザークは続けた。

「妃を迎えただけでもびっくりだが、さらにこんな美女とは。——そういえば、嫁御はヴォルケンシュタインの姫君だったな？」

「は、はい」

たじろぎながらユーリアは頷いた。

立ち上がったオーレルは両手でユーリアの手を握りしめ、鮮やかなシアンブルーの瞳で凝視してくる。

彼は先の講和会議でイザークの『病欠』を怪しみ、話にならぬと激怒して真っ先に帰ってしまった人だ。ヴォルケンシュタインの王女であるユーリアに対し、悪感情を抱いていてもおかしくはない。

だが、彼は突然パーッと笑顔になったかと思うと、端正な顔をぐいぐい近づけてきた。

「いやぁ、まさかこんな美姫を隠していたとは！　やはりディルク王は許せんなぁ。帰る前に一発ぶん殴っとくんだった」

「は……？」

「後で俺が十発以上殴っておいた。——いいかげん手を離さんか！」

イザークが邪険に彼の手を振り払い、ユーリアを背中に隠す。

オーレルはむぅっと口端を下げた。

「いいじゃないか、減るものじゃなし」

「減る。これ以上見るな」

「ケチくさいな！」

「あ、あのぅ……」

おそるおそるユーリアはイザークの背中から顔を出した。やはり隣国の王族にはきちんと挨拶しておかなければ、と常識が働いたのだ。

「ユーリアと申します。どうぞよろしくお願いいたします」

ドレスを摘まんで膝を折ると、オーレルは壁のごとく立ちはだかるイザークを嬉々として押し退《の》け、うやうやしく頭を垂れた。

「オーレル・ロドリグ・エリュアールだ。お目にかかれて嬉しいぞ、ユーリア姫。我が国とリーゼンフェルトは古くからの兄弟国。これからもなにとぞよしなに頼む」

「こちらこそ」

微笑み返すと、イザークが横目でオーレルを睨みつけながら昨日も聞いたことを繰り返した。

「彼の婚約者はファルネティ大公国のグリゼルダ姫。ヴォルケンシュタイン城で行儀見習いをしている」

「はい。残念ながらお話ししたことはないのですが」

「なんだよー、わざわざ思い出させるなよな」

オーレルは憮然とイザークを睨《にら》み返した。

「結婚間近な婚約者がいることを忘れないでもらいたい。戦争が終わったら挙式することになってただろ。日取りは決まったのか」

「講和会議を仕切り直すまで戦争は終わってない」

なんだか駄々《だだ》をこねるような口調だ。グリゼルダ姫との結婚に乗り気でないのは本当らしい。

イザークが何か言いかけるのをはぐらかすように、オーレルは大声を上げた。

「おお、マティアスじゃないか！　具合はどうだ」

控えていた護衛官は慇懃《いんぎん》に頭を下げた。

「おかげさまでもうすっかり。その節は大変お世話になりました」

「――ああ、そうだ。そのことについて改めて礼を言う」

むっつりしていたイザークは真顔に戻ってオーレルに一礼した。

ユーリアの怪訝《けげん》そうな顔に気付き、イザークが説明してくれた。

半年前、命からがらヴォルケンシュタイン城を脱出したマティアスだったが、城壁から弩《いしゆみ》で攻撃され、躱しきれず深手を負ってしまったという。

なんとか追手を振り切り、河に飛び込んで溺れたように見せかけた。

兵士たちが引き上げるのを確認してからリーゼンフェルトと国境を接する森に逃げ込んだものの、今度は血のにおいを嗅ぎつけた野獣に襲われ、逃げ回るうちに切り立った崖から転落してしまった。

そこを助けてくれたのが地元の猟師だ。猟師はマティアスの手当てをし、親切に面倒を見てくれたが、あいにく喋れなかった。

地面に棒で描いた地図に身振り手振りを交えて一番近い人里を教えてもらい、マティアスは出発した。着いてみるとそこはヴォルケンシュタインではなくエリュアールの僻村《へきそん》だった。

村人と交渉し、有り金はたいて貴重な農耕馬を一頭譲ってもらい、まずはエリュアールの王都を目指した。

いくらか回り道にはなるが、イザークの盟友であるオーレル王の助力を請うたほうが結果的に早く着けると考えたのだ。

やっとのことで街道警備隊の砦《とりで》にたどり着き、事情を話して馬を借りたが、エリュアールの王宮に到着してもよれよれの格好を怪しまれてなかなか取り次いでもらえなかった。

たまたま顔見知りの武官が通りがかったおかげで王の御前に連れていってもらえたが、そうでなければさらに数日を無駄にしたかもしれない。

「そんなご苦労をなさったのですね……ごめんなさい」

話を聞いたユーリアは申し訳ない気分になって護衛官に詫びた。

マティアスは無表情に目を瞬き、軽くかぶりを振った。

「いいえ、元をただせば自分の不手際ですから」

「そういえばヴェーデルの奴はどうなったんだ？」

オーレルの問いにイザークは肩をすくめた。

「地下牢にぶち込んで取り調べ中だ。俺が放り込まれてたヴォルケンシュタインの地下牢よりも居心地は断然よくない」

「どうするつもりだ」

「むろん吊るす」

彼の答えはにべもなかった。大逆罪に加えて国家背信罪ともなれば公開処刑は免れない。

オーレルは意外そうに眉を上げた。

「車裂きにするんじゃないのか。お優しいな」

イザークは顔をしかめた。

「優しくなどないさ。貴族なら斬首されるところ平民と同じ絞首刑にするんだ。爵位も剥奪して全財産を没収した。……これまでの功績をちょっとばかり勘案してやっただけだよ」

「そこがお優しいと言うのさ。私なら車刑一択だね。まったくおまえは甘い。〈氷の覇王〉の勇名が泣くぞ」

「だから俺が名乗ったんじゃないってのに……。もういい、血なまぐさい話はやめろ。ユーリアが怯《おび》えてる」

「おっと、すまん」

オーレルは一転して愛想よい微笑を浮かべてユーリアの手を押しいただいた。

「どうかお許しを、麗しの姫君」

「いちいち手を握るな！　俺の妻だぞ、勝手に触るんじゃない！」

「まだ結婚式は挙げてないだろ」

「妻だ」

頑として主張するイザークに、オーレルはニヤリとした。

「ははーん……。なるほどね。いやおまえ意外と手が早いんだな！　ますます見直したぞ」

赤面するユーリアを背後に隠し、イザークは怒鳴った。

「侍従長！　さっさとこいつを居室に案内しろ。鬱陶しくてかなわん」

控えていた侍従長が慌てて飛んでくる。

鬱陶しいなどと言われてもオーレルは気にしたふうもなくニヤニヤした。

「それじゃ、お言葉に甘えて休憩させてもらおうかな。――では姫君、晩餐の席でまたお会いしましょう」

胸に手を当てて一礼すると、オーレルは護衛官や親衛隊を従えて謁見の間を悠然と出ていった。その後を侍従長が慌てて追いかける。

眉間を摘まんでイザークは嘆息した。

「絶対あいつ、引っかき回しに来たぞ」

「イザーク様が心配だったんですよ。だから早めにいらしたんですわ。――ところで、会議は来週からですよね」

「ああ。会場となる離宮にはすでに人を遣って準備を進めている。俺も三日後に出発する」

「わたしはどうすればよろしいのでしょうか。やはりこちらで留守番……？」

「貴女はどうしたい？」

「わたしは……できればイザーク様と一緒に離宮へ行きたいです。会議のお邪魔にならないよう気をつけますが、だめでしょうか」

　イザークは気難しげな顔で顎を摘まんだ。

「だめではないが、オーレルの奴がベタベタまとわりつくのではと心配でならん」

「まぁ、そんな」

　思わず噴き出しそうになってユーリアは口許を押さえた。

「王が不在の城を守るのは妻の務めなのでしょうけど……イザーク様と離れ離れになるのは寂しいです」

　正直に打ち明けると、彼はまんざらでもない顔つきになって頬を掻いた。

「俺がいないと寂しいか」

「寂しいです、とても」

　こくんと頷くユーリアを、イザークは愛おしそうに抱きしめた。

「では一緒に行こう。ただし、オーレルに近付いてはいけないぞ?」

「わたしはイザーク様のお側にいたいだけですわ」

　ぎゅっと抱きついて囁く。イザークはユーリアの頬を撫で、そっと唇を重ねた。

　幸福感に浸っていると、ごほんと無粋な咳払いがした。

「陛下。まもなく改正条約案の打ち合わせが始まります」

　マティアスが無表情に告げる。

ふたりきりではなかったことを思い出し、ユーリアは赤面した。

「ああ、そうだったな。すまない、ユーリア。また後でゆっくり話そう」

「は、はい」

イザークのほうは一向に気にしない様子でユーリアの頬にキスすると、マティアスを従えて歩きだした。

「――そうだ、どうせだからオーレルの奴も呼んでやれ」

「休憩中だと駄々をこねるのでは？」

「遊ばせておくと危険だ。側で見張る」

などと言い交わしながらふたりが去るのを微笑ましく見送り、女官たちに伴われてユーリアは居館へ戻った。


三日後、ユーリアは首席侍女のイネスと女官数名を連れてイザークとともに離宮へ向けて出発した。

護衛官としてフランツとダニエルも同行するが、ヒルダにはのんびり休養を取るように言って王宮に残した。

離宮はエリュアールと接する地方にあり、オーレルは確かに直行したほうがずっと早かったはずだ。

関係する国々にはすでに親書を送ってある。出席しない場合は新条約を無条件で受け入れると見做す、と明記してあったため、すべての関係国から出席の返事を得た。

父王ディルクも出席すると聞いて意外に感じたが、各国はイザークがヴォルケンシュタインに囚われていたことを知らないのだと教えられて納得した。

イザークは自分が先の会議に『病欠』したことを否定していない。ただ、廷臣のヴェーデル伯爵に他国との癒着による不正があったとして、彼が受諾した講和条約を破棄した。

これにエリュアールを始めとする同盟国が従い、先の講和条約は実質的に効力を失った。

イザークは会議の席上で真相を暴露する気なのだろう。ディルク王もそれを察してはいても、参加しなければ欠席裁判でどんな制裁が課されるかわからない。

ならばいっそ開き直ってヴェーデル元伯爵かレゼリア王国を悪者にして自分は唆されただけだと言い抜けようという魂胆なのだろうか。

離宮は風光明媚《ふうこうめいび》な湖畔にあったが、十一月半ばを過ぎて木々はすべて葉を落としているので荒涼とした感がなきにしもあらずだった。

だが、近くで温泉が湧いており、豊富にお湯が使える。

源泉はかなり熱いが離宮まで引いてこられるうちにほどよく冷め、ちょうどいい湯加減のお風呂にいつでも入れるのだ。

知っていればヒルダも連れてきたのに……と残念がるユーリアを、会議が終わったらまた好きなときに来ればいいとイザークは慰めた。

離宮はかつて王城だったこともあり、三つの翼棟を合計すると三百を超える部屋がある。そのひとつを会議場とし、残るふたつの棟が各国代表の宿舎になった。

ユーリアはリーゼンフェルトの王族がいつも使う居館で、厳重な警備に取り巻かれて過ごした。会議には出席しないが、決まったことはイザークが教えてくれる。

これまでの詳しい経緯も知ることができた。

「本《もと》を正せばレゼリアの先王が内政干渉でふっかけてきた戦争だ」

イザークの説明にユーリアは注意深く耳を傾けた。

「跡継ぎだった当時の王太子——こいつが今の王だ——は戦争に反対していて、父王が死ぬとすぐに和睦を申し出た。だが、すでに莫大《ばくだい》な戦費がかかっていたため、賠償金を払いたくなかったんだな」

「それで、講和会議の議長となった父に賄賂を送り、自国に有利な条約を誘導するよう依頼したのですね」

「そういうことだ。その頃、逆臣ヴェーデルも密かに陰謀を巡らせていた。あの男は亡き父上の御世《みよ》から実質的な宰相の地位にあったんだが……俺が親政を始めると自分の影響力が低下したことを怨む気持ちが生まれたのだろう。俺を排除し、エドワルドを傀儡王にして実権を握ろうと企てた。ヴォルケンシュタインへ輸出する小麦の価格を下げ、領土の一部を割譲すると持ち掛けて、ディルク王を加担させたんだ」

「嘘のお見合いを仕組んだのは？」

「俺が『戦争も終わったし、そろそろ結婚を考えるか』とマティアスに言ってるところを立ち聞きしたらしい。縁組みの申し出に俺が飛びつくと、ここぞとばかりに『支援』してくれたよ」

「病気を装ったのも？」

「ああ、不在であることを廷臣に覚《さと》られぬようにと勧めてきた。護衛官ひとりしか連れずに行くというのも、表面上は渋っておきながら俺が実際にそうしても軍には黙っていた。そして首尾よく名代として講和会議に赴き、ひそかにディルク王から王権の指輪を受け取った」

イザークは軽く手を上げて指輪を示した。

「ディルク王はヴェーデルには俺を殺したと告げた。念願の指輪を手に入れて舞い上がっていた奴はそれを信じ込んだ。だが、ディルク王はヴェーデルが約束を反故にすることを警戒して俺を生かしておき、結果的にはそれが裏目に出たわけだ」

イザークは会議の席上、すべての経緯を全員の前で暴露した。

これには領地目当てでレゼリアに加勢した国々ですら呆れ、非難轟々《ごうごう》の騒ぎとなった。

結局、敗戦国側は以前よりも上乗せされた賠償金を払うことに渋々同意したが、そのほとんどは元凶であるレゼリアに押しつけられた。

「最初から素直に賠償金を払えばよかったのに、妙な金惜しみをしたために負担が倍増した。今後何十年も、レゼリアは戦争どころではないだろうな」

リーゼンフェルトはヴォルケンシュタインに対し、半年間にわたる不当な監禁への莫大な慰謝料の支払い及びディルク王の退位を要求。敗戦国に有利だった先の条約は白紙撤回され、新たな条約が結ばれて五日間の会議は終了した。

「賠償金はともかく、ディルク王は退位については頑として拒否した。しかし戦勝国・敗戦国を問わずこれを強要されては受け入れざるを得まい」

「……近隣諸国から国交を断絶されては、立場を失うだけでは済みませんもの。食料事情も逼迫《ひっぱく》します。いくらヴォルケンシュタインに〈マンデヴィルの根〉という貴重な特産品があっても主食は小麦です。国内だけでは必要量の半分も満たせません」

豊かな農地に恵まれたリーゼンフェルトと違ってヴォルケンシュタインは孤立しては食べていけない。

「だからこそ、どの国とも争わず中立を守っていたはずなのに……」

やるせなく呟くユーリアの肩を、気遣うようにイザークは撫でた。

「父王に会いたいなら手配するぞ？」

「いいえ。話すことなどありませんから」

ユーリアはかぶりを振った。

「父が退位すると……新たな国王はハイデマリーですね」

喜ぶ気分にはなれない。ハイデマリーが女王となってもヴォルケンシュタインが変わるとは思えなかった。実質的にディルク王の治世が続くだけだ。

「いや、貴女のほうが年上だ」

「ですが、わたしはすでに嫁いだ身……」

言いかけてユーリアはハッとした。

ヴォルケンシュタインの王位継承権は直系男子優先だが女子にもある。

ただし、女王はその配偶者を同国人から選ばねばならないという規定があって、他国に嫁ぐか外国人を配偶者とした時点で継承権を失ってしまうのだ。

ユーリアは実質的にイザークの妻になったが、まだ結婚式は挙げておらず、公的には婚約者だ。この場合、婚約を解消すれば継承権は保持される。

「ま、まさかイザーク様――」

「非常に遺憾ではあるが……貴女がヴォルケンシュタインの女王になりたいというなら身を引くしかあるまい」

しかつめらしい口調で言われ、ユーリアは泣きそうになった。

「わたしは女王になどなりたくありません！　イザーク様のお側にいたいのです！」

必死に訴えると、ひたとユーリアを見据えていたイザークが不意にニヤリとした。

「その言葉が聞きたかった」

ユーリアはぽかんと彼を眺め、眉を吊り上げて胸板を叩いた。

「もうっ、意地悪！」

「ハハハ、すまんすまん。貴女の望みはなんでも叶えてあげたいが、女王になりたいというのだけはだめだ。貴女を妻にできなくなってしまうからな」

「わたしなど女王の器ではありません。それにわたしがなりたいのはイザーク様の妻です。ずっとお側にいたいのです」

「ああ、そうしてくれ」

彼は幸せそうな顔で頷き、機嫌を取るようにユーリアの顔じゅうにキスした。

長椅子で寄り添って抱き合い、やっと落ち着いてユーリアは呟いた。

「……そうは言っても、ハイデマリーが女王になって大丈夫なんでしょうか」

「彼女よりも順位が上の継承権者がいるではないか。貴女以外に」

「え……？」

驚いて見上げると、イザークは悪戯《いたずら》を企む少年のようににんまりした。

「本来ならば第一に優先されるべき継承権の持ち主だ」

「！」

思い当たる人物が脳裏に浮かび、ユーリアは混乱した。

「で、でも……」

「密かに呼び寄せ、会議にも出席してもらった。さすがにディルク王も唖然としていたな」

イザークの合図を受け、一礼した侍従たちが両開きの扉をさっと開く。

ゆっくりと入ってきた人物を見て、ユーリアはぽかんとした。

二十代前半の細身の青年が、穏やかな微笑を浮かべていた。飾り気のない白い長衣の上に頭巾《フード》のついた灰色のマントをまとっている。聖教会に属する修道僧の格好だ。

「お兄様……⁉」

「久し振りだね、ユーリア」

頷いたのはヴォルケンシュタイン唯一の王子であり、ユーリアと母を同じくする兄、アーベルだった。

ユーリアは飛び上がるように長椅子を離れ、勢いよく兄に抱きついた。

「お兄様！　本当にお兄様なのね……⁉」

「そうだよ。ああ、ずいぶん大きくなったものだ。あの小さなユーリアが」

アーベルは笑ってユーリアの背を撫でた。

「つもる話もあるだろう。座ってはどうだ？」

イザークに促され、三人は丸テーブルを囲んで座った。

改めてユーリアはまじまじと兄を見つめた。

三つ上だから……二十二歳になったはず。身長はユーリアよりも十センチちょっと高く、同じくらいイザークよりも低い。

細身だが、抱きついたときの感触では身体つきはしっかりしているようだ。

ユーリアと同じアッシュゴールドの髪は短く、修道僧のしるしとして頭頂部を少し剃っている。瞳はユーリアよりも濃いめの琥珀《こはく》色だ。

「何年ぶりかしら」

「十二年……かな？　ちょうど十歳のとき修道院に入ったから」

アーベルは国王の長男であり、それまでは跡取りとして扱われていた。

しかし継子に跡を継がせるのを嫌った王妃パウリーネは自分に甘い夫を言いくるめ、アーベルを学僧として修道院に入れてしまったのだ。

それも国内ではなく、遠く離れたファルネティ大公国にある修道院に。

その後パウリーネが男子を産むことはなかったが、ヴォルケンシュタインは女子にも継承権がある。

順位としてはハイデマリーよりもユーリアのほうが上であっても、外国に嫁がせてしまえば済むことだ。

唯一の血を分けた子であるハイデマリーをパウリーネは我が身のごとく溺愛している。このまま息子が生まれなければ娘に王位を継がせるつもりだったろう。

そう考えれば見合い話が最初から悪辣《あくらつ》な茶番だったことがよくわかる。パウリーネは――デイルク王も――ハイデマリーをイザークに嫁がせるつもりなど最初からなかったのだ。

だが、ユーリアと見合いさせて気に入られるとまずいので――大国の王妃になどさせたくない――ハイデマリーに相手をさせた。

イザークが最初からユーリアと見合いする気でやって来たのは、彼らにとって思わぬ誤算だったろう。

アーベルは妹の手をそっと握った。

「つらい思いをしたそうだね……。側にいてやれたらよかったんだが」

「いいのよ。わたしはもう大丈夫」

ユーリアは意外にもごつごつした感触に驚いて、兄の手をまじまじと見つめた。

気付いた兄が微笑む。

「農作業をしているからね。収穫だけじゃなく、鍬《くわ》を振るって畑を耕したりもするよ」

「でも、お兄様は学僧でしょう?」

「晴耕雨読《せいこううどく》というやつさ。畑仕事も好きだよ」

気さくに兄は笑う。

ユーリアは胸が痛くなった。本来ならば王太子として大勢にかしずかれる身分なのに……。

記憶ではアーベルは昔から学問好きで物静かな少年だった。修道院行きを勝手に決められても表立って反抗はしなかった。

むろん思うところはあったに違いないが、聡明《そうめい》な少年は継母の父に対する邪悪なほどの影響力を見抜いていたのだろう。

「それじゃ、お兄様がヴォルケンシュタインの王位を継ぐのね？」

「どうやらそうせざるを得ないようだ」

アーベルは嘆息した。

「イザーク王から聞いたが……私が俗世を離れている間にヴォルケンシュタインはずいぶんひどい有り様になっていたらしいね。聖域に閉じこもって故国に目を向けなかったことを悔いたよ。やはり修道院行きは拒否すべきだったかもしれない。父上のお側にいれば、お諫《いさ》めすることもできただろうに」

「それはどうかわからんぞ。下手すれば殺されていたかもしれない」

イザークの言葉にぞわりと鳥肌が立つ。

父はともかく、継子に一片の情も持たないパウリーネならやりかねない。アーベルも同じ思いなのか、表情がこわばった。

「……そうですね。確かに命拾いしたのかもしれません」

「国王として即位なさるなら還俗《げんぞく》するのよね？」

「ああ。申請はこれからだが、許可されるはずだ」

「イザーク様、最初からお兄様に跡を継がせようとお考えだったのですか？」

ユーリアに問われ、イザークは頷いた。

「それがアーベルどのの生来の権利だからな」

イザークは親書を持たせた使者をアーベルの所属する修道院へ送った。

親書を読んだアーベルは数日悩んだが、ヴォルケンシュタインを建て直すためにも自分の権利を取り戻そうと決意したという。

そして使者に伴われて会議の数日前に離宮に到着した。

「……お父様、お兄様と会って驚かれたでしょうね」

「まさか私が来ているとは夢にも思わなかったろうね。まるで幽霊でも見たかのように青くなっておられたよ。それまでは、退位などするものかと怒鳴っていたのが、急に押し黙ってしまわれて」

「引け目は感じていたのかもしれないな」

イザークが考え深そうに呟き、ユーリアは唇の裏をきゅっと噛んだ。

そうかもしれない。王妃にそそのかされて大事な跡取りを遠い異国の修道院へ放逐したことを、心の奥底では悔いていたのではないか……？

「王妃とハイデマリーはどうなるのですか」

「お咎《とが》めなし、とはいかないな。偽の縁談にはディルク王だけでなくふたりも深く関わっていた。嘘の縁談であることを、王妃もハイデマリー王女も知った上で協力していたんだ」

「では……？」

「ふたりとも修道院行きだな。アーベルどのと交替だ。むろん女子修道院だから別のところになるが」

「父は承諾したのですか？」

「ああ、嫌々ながらではあったが。拒否するならこのままリーゼンフェルトの地下牢で半年過ごしていただく、と衛兵を呼んだらすぐに署名したよ」

澄ました顔で答えるイザークにアーベルは苦笑した。

「ふたりがおとなしく従うかどうか、疑問ですが」

「城に居すわっていたなら容赦なく追い出してくれ。いつでも手を貸すぞ」

「わかりました。別に恩義もありませんし、今度会うときには私はもう俗人ですから容赦はしませんし」

あっさり頷くアーベルは、すでに顔つきまで違って見える。

やはり好きで修道院にいたわけではないのよね……とユーリアは実感したのだった。

第五章　つながった縁《えにし》

会議が終わると各国の君主たちはそそくさと帰国していった。

ディルク王はイザークに挨拶もせず、ユーリアやアーベルに面会することもなく慌ただしく姿を消した。

アーベルはイザークの勧めでさらに数日を離宮で過ごした。その間ユーリアはゆっくりと兄と語り合うことができた。

幼い頃の思い出話などするうちに、ふとアーベルが不思議なことを言い出した。

「そういえば、イザーク王には昔会ったことがあるように思うんだよ」

「え？　いつのこと？」

「修道院に行く少し前だから、十歳かな？」

「それじゃ、わたしは七歳……ああ、王城にはいなかったんだわ」

記憶をたどってユーリアは頷いた。

母の病気療養に付き添って森の古城に赴き、母が亡くなった後も城に留め置かれていた。

兄は王城に残されていたため、死に目に会えなかった。

乳兄弟のダニエルは母ヒルダとともに古城でユーリアに仕え、兄のフランツは王城で小姓勤めをしていた。

やがてディルク王が新たな王妃パウリーネを迎えると、小姓が足りないとのことで、ダニエルも王城へ召し上げられてしまった。

ユーリアはヒルダと数少ない召使にかしずかれ、退屈で寂しい日々を送っていた。

「イザーク様がヴォルケンシュタインの王城にいらしたの？　いつ？」

以前にも来たことがあったなんて聞いていない。

「いや、それがどうも記憶がはっきりしなくてね……」

アーベルは額を掻いて唸った。

「確か、城の外だったと思う。私は馬に乗っていて……。その頃は城の外での乗馬が唯一の楽しみだったんだ。――そうそう、だんだん思い出してきたぞ」

母の喪が明けた途端に再婚した父王に、少年らしい潔癖さからアーベルは激しい怒りを感じていた。

病気の母を療養名目で城から追い払い、父は別の女と密会を重ねていたのだ。

どうせなら自分も母と一緒に行かせてくれれば、死に目にも会えたし、妹と離ればなれになることもなかったのに。

その愛人が今や正式な王妃。

新王妃パウリーネは王の御前以外ではアーベルを完全に無視していた。

邪魔にされているのはいやでもわかる。いずれ自分が産む子に跡を継がせるには、アーベルは目の上の瘤《こぶ》でしかない。

父は若い王妃をちやほやと甘やかし、すっかり言いなりだ。政治に口出しするわけではないから、と家臣たちが大目に見ているのもまた腹立たしい。

アーベルはお付きが止めるのを振り切って馬を飛ばし、行く当てもなくむやみやたらと走り回った。

そこにいきなり現われたのが――。

「……イザーク様？」

「じゃないかと思うんだ」

アーベルは、しかめっ面でこめかみを擦った。

「あの青みがかった銀の髪……珍しいだろう？　ヴォルケンシュタインではまず見かけない。十年以上前のことだから顔は覚えてないんだが、髪は珍しい色だから記憶に残ったんだな。この離宮へ来てイザーク王にお目にかかったとき、なんだか妙な既視感を覚えた。単なる錯覚だろうと思ったが……」

ユーリアは首を傾げた。

「それがイザーク様だとして……どうしてヴォルケンシュタインの王城近くにいたのかしら。だってその頃イザーク様はリーゼンフェルトのれっきとした王太子よ？　わたしより五歳上だから、十二歳……かしら」

「だからわからないよ。本当にイザーク王だったのかどうかも。ただ、その少年は私におかしなことを言った」

「おかしなこと？」

「いや、おかしくはないんだが、あまりに唐突と言うか……。つまりね、彼は私にユーリア姫の兄かと尋ね、そうだと答えると……いずれご令妹《れいまい》を嫁にもらうことにしたのでご承知置き願いたい、と真面目な顔で言ったんだよ。それこそ――言葉は悪いが――クソ真面目な顔でね」

ユーリアは呆気に取られた。兄の顔は冗談を言っているようには見えない。

「よ、嫁？　わたしを？」

うん、とアーベルが頷く。

「イザーク様が⁉」

「じゃないかと思う。確信はないけど」

「……なんて答えたの？」

まさか、『はい、どうぞ』とは言わないだろう。いくらなんでも。

「言い方が気に食わなくてね。『嫁に欲しい』ではなく『嫁にもらうことにした』だぞ？　勝手に決めるな、とムッとした。それで、私に勝ったら考えてやろう、と言って競走したんだ」

「駆けっこを？」

「いや、馬で。彼も馬に乗ってたから。いい馬だったな。服装もぱりっとしてたし、見たことないけど貴族の子弟だろうとは思った」

「それで、どっちが勝ったの？」

「彼」

アーベルは悔しそうに肩をすくめた。

負けは認めたものの、一度勝ったくらいで大事な妹はやれない、別の勝負をしようともちかけた。

その辺に落ちていた棒切れを剣の代わりにして打ち合った。

「お兄様が？」

乗馬はともかく、兄が剣を振り回す姿など見たことがあっただろうか。

「これでも跡取りだったからね。修道院入りするまでは武芸もひととおり習ってたよ。正直、得意ではなかったけど……。で、案の定」

あっさり負けた。

懲りずに今度はレスリングを挑み――。

こてんぱんに負けた。

ユーリアは顔を引き攣らせつつ兄を慰めた。

「し、仕方ないわ。その少年は年上だったんでしょう？　もし本当にイザーク様だったとしたらお兄様より二歳上よ。子どもの二歳差は大きいわ」

「まぁね。正々堂々と勝負したわけだし。いい奴だな、と感じた。だから、ユーリアが承知するならかまわないと答えた」

じわっと頬が熱くなる。本当にそれは少年のイザークだったのだろうか。

「……それからどうなったの？　その少年は」

「う～ん、よく覚えてないな。確か私を捜し回っていた側仕えがやって来るのに気付いて、さっさと行ってしまったように思う。それからまもなくおまえが城に戻ってきた。ほら、古城が落雷で火事になっただろう？　バタバタしてて言いそびれているうちに今度は私が修道院に行くことになって……。ショックで完全に忘れた」

すまない、と詫びる兄に、ユーリアは急いで首を振った。

「いいのよ、本当にイザーク様だったのかどうかわからないんだし……」

「心当たりはないか？　嫁にもらうと宣言したくらいだ。会ったことがあるはずだぞ」

「そう言われても……」

ユーリアは困惑した。

「珍しい髪色だろう？　覚えてないか」

確かにあの美しいアイスシルバーの髪は印象的だ。一度でも会ったら覚えていそうなものだが……。

ふっとユーリアの脳裏におぼろげな少年の面影がよぎる。

「あ……」

「思い出した？」

「帽子」

「帽子？」

「森の古城にいた頃……大きな帽子をかぶった男の子が遊んでくれたの。髪をすっぽりと帽子に入れてたから髪の色はわからない。目深にかぶってたから鍔《つば》の陰になって眉も見えなかったし……」

不意にユーリアはドキッとした。

少年の瞳の色。光の加減で灰色のようにも蒼《あお》いようにも見えた。イザークの瞳は灰青色だ。

「訊いてみたら？　彼がイザーク王なら……私は同じ答えを返すよ」

アーベルが情愛のこもったまなざしを向ける。

「ユーリアが承知するなら、かまわない」

「お兄様……」

自然と目が潤む。

もしもその少年がイザークだったとしたら――。

ああ、でもそういえば彼はお見合いのときに不思議なことを呟いていたわ。

覚えていないのか……と。

残念そうな、がっかりしたような口調で。

にわかに鼓動が高まる。

ユーリアは頬が熱をおびるのを意識しながら、膝の上で自らの手をぎゅっと握りしめた。


数日後、アーベルが還俗願いのため出立すると、静かになった離宮にはイザークとユーリアだけが残った。

思惑どおりに会議を終えたイザークは一週間ほど離宮で骨休めすることにしたのだ。

兄の話を確かめてみたいが、切り出すきっかけがなかなか掴めない。

別人だったらイザークの機嫌を損ねてしまいそうでためらわれる。

しかし、遠い記憶から呼び覚まされたあの帽子の少年がイザークだったら……。彼は命の恩人だ。

落雷による火事でユーリアは逃げ遅れた。避難しようとするヒルダの手を振りほどき、当時飼っていた猫を探しに行ってしまったのだ。

やっとのことで猫を捕まえたときには炎に取り巻かれていた。

猫を抱きしめ、なすすべもなくべそをかくユーリアの前に帽子の少年が現れた。

彼はユーリアを抱きかかえ、炎を飛び越えて――。

（……そうだわ。彼の服はずぶ濡れだった）

頭から水をかぶって炎の中に飛び込んだのだろう。帽子や衣服から激しく水蒸気が上がっていた。出口から飛び出すと、おろおろと泣き叫んでいたヒルダが飛びついてきた。

それから……それから……。

（どうなったんだったかしら……？）

記憶はそこで途切れている。

まもなくユーリアは王城に戻ることになり、帽子の少年と会うことは二度となかった。

ユーリアと一緒に助け出された猫は、そのまま逃げてしまって戻って来なかった。

ヒルダに尋ねてもわからなかった。助けてくれたのは近くの村の子どもだろうと思ったヒルダはお礼をしようと現地雇いの使用人に尋ねたのだが、誰もその少年のことを知らなかったという。

妖精だったのかもしれませんね……と溜め息交じりにヒルダは呟いた。

妖精はよく帽子をかぶっているでしょう？

そう言われれば、確かにそのようにも思えた。

森には妖精郷《ニンフィディア》への出入り口があるという。きっと少年はそこからやって来てひととき自分と遊び、命を救ってくれたのだ。

もしかしたら水の妖精だったのかも。だからあんなに水蒸気が上がっていたのよ。

それとも氷の妖精かしら？　炎で氷が溶けて、消えてしまったのだとしたらどうしよう⁉

幼いユーリアの夢想はとめどなくふくらみ、どうか少年が溶けていませんようにと懸命に祈った。

今度会ったら、お礼に素敵な帽子をプレゼントしよう。

ユーリアはヒルダにねだって帽子を手に入れ、少年がふたたび現われるのを待ちわびた。

だが、再会が叶わぬまま王城へ連れ戻されてしまった。焼け残った部分でどうにか暮らしていたのだが、冷たい父もさすがにそこまで放置してはおけなかったらしい。

王城に戻ってまもなく、兄は遠い異国の修道院へ送られた。新しい妻と娘を手にした父王はすっかりユーリアに無関心になっていた。

プレゼントするはずだった帽子はハイデマリーに奪われ、ぼろぼろにされて捨てられた。

少年の面影は日に日におぼろになってゆき……やがて記憶の奥底へと沈んでいった。

「――――リア。ユーリア？」

そっと肩を揺すられ、深い物思いに沈んでいたユーリアはびくっと顔を跳ね上げた。

イザークが心配そうに覗き込んでいる。

「あ……」

「大丈夫か？」

「は、はい。すみません。考え事をしてました」

気を取り直して微笑んでみせたが、イザークはまだ気になる様子で眉をひそめた。

「何か不安なことでもあるのか？　アーベルどののことなら心配いらないぞ。還俗願いは必ず受理される。道中は我が国の兵が警護しているから安全だ」

「も、もちろんわかってます」

ユーリアは焦って頷いた。

（そうだわ、思い切って今訊いてみよう）

決意と同時にイザークが口を開いた。

「ちょっと出かけないか？」

「えっ？　ど、どこへ」

突然の誘いに面食らうユーリアに、イザークはニヤッとした。

「近くの森に、おもしろい場所があるんだ」

「おもしろい場所……？」

「温泉が滝になってる」

ユーリアは目を瞠った。

「温泉が滝に？　それは珍しいですね」

「見てみたくはないか？」

「見たいです！」

「では、さっそく出かけよう。着替えておいで」

ユーリアは乗馬服に着替え、離宮の玄関で待っているイザークの元へ急いだ。馬に二人乗りして、首席侍女イネス他女官数名とマティアス率いる護衛兵を従え出発する。

離宮を取り巻く森の中をしばらく進み、細い横道に入った。気がつけば道の脇を流れるせせらぎから湯気が上がっていた。

やがてどこからか流れ落ちる水音が聞こえ始め、進むにつれて大きくなってゆく。ほどなく視界が開け、湯煙の上がる滝が姿を現した。

ユーリアは歓声を上げた。

「すごいわ、本当に温泉の滝なんですね！」

「滝壺《たきつぼ》がちょうど湯船のようになってるんだ。入ろう」

「えっ、入るんですか⁉」

「見るだけではつまらないだろ。入ってこその温泉だぞ」

気がつけば、兵士たちがてきぱきと空き地に天幕を立て始めていた。イネスも驚くことなく女官たちに指示を出している。最初から入浴することになっていたらしい。

（どうりで妙に荷物が多いと思ったわ……）

天幕を立て終わると兵士たちは裏に下がり、ユーリアは女官たちの手を借りて乗馬服を脱いだ。

隣の天幕で服を脱いだイザークは腰に亜麻布を巻きつけ、同じように大きな亜麻布で全身を覆ったユーリアの手を引いて滝壺へ向かった。

自然のままではなく、歩きやすく石を積んだ階段になっている。落ち葉もきれいに取り払われているところを見ると、前もって清掃を命じてあったようだ。

辺りの木立はすでに葉を落としているが、警護の兵士たちは充分距離を置いているので姿は見えないし、こちらを見られる心配もなさそうだ。

戸外で裸体を晒すのは恥ずかしかったが、イザークがさっさと腰布を外して滝壺へ入っていったので、ユーリアも思い切って亜麻布を岩の上に置いて後を追った。

湯気を上げる水面におそるおそる爪先をつけてみると、本当にお湯だった。深さは膝くらいだが、奥に進むにつれて少し深くなった。それでも足が着かなくなるほどではない。

飛沫《しぶき》を上げて滝壺に流れ込む湯を浴び、ユーリアは歓声を上げた。

「気持ちいい！　温泉が滝になって流れてるなんて不思議だわ」

「この上に源泉がいくつかあって、離宮へもそこから引いてる。もともとある流れに熱水が混ざって、こんなふうに温泉の滝になった。偶然にもちょうどいい温度だ」

「よく来られるのですか」

「休暇中は少なくとも二〜三回は来るが、人に教えたくないから客人がいるときは来ないんだ」

「確かに秘密にしておきたい場所ですよね」

ふふっと笑い、イザークと並んで湯に浸かる。座ると水面は胸の辺りだった。

肌寒い季節だから長く浸かっても逆上《のぼ》せる心配はなさそうだ。

見上げれば、すっかり葉を落とした梢《こずえ》から青空が覗いている。辺りは静寂に包まれ、清冽な水音だけが響いていた。

湯気が霧のように漂い、あたかも仙郷にいるかのような心持ちになってくる。

初冬の澄んだ青空を見上げながら、ユーリアは呟いた。

「……昔、不思議な男の子に出会ったんです」

気がつけば、自然と言葉が口を衝いていた。

病を得た母とともに寂しい森の古城で過ごしたこと。

母が亡くなったこと。

父は迎えを寄越さず、城で暮らし続けたこと。

乳兄弟のダニエルが王城に召し上げられ、遊び相手もなく寂しかったこと――。

「どのようにその子と出会ったのかは覚えてないんです。外で遊んでいると、いつのまにか側にいて……ままごとや人形遊びに付き合ってくれました。苺《いちご》を摘んだりもしたわ」

彼のことは誰にも言わなかった。そういう約束だったたし、知らない子と遊ぶなんてヒルダは絶対に許さなかっただろう。

その頃ヒルダはとても忙しかった。母が亡くなるとお付きの女官たちは次々と城に呼び戻され、ユーリアとヒルダだけが残った。

送金は途絶えがちになり、現地雇いの下働きは次々と辞めていった。

ヒルダは炊事、洗濯、掃除といった家事のほぼ全てをひとりでこなさなければならなくなった。子どもの遊びに付き合ってやれる暇などなかったのだ。

だからユーリアはいつもひとりで遊んでいた。古い城は暗くて陰気だったので、雨でなければ外で過ごした。

森に入ってはいけないときつく戒められていたし、そうでなくても昏い森は怖くて入り込む気にならない。

日当たりのよい場所を探して敷物を広げ、ひとりでままごとをしたり、お絵描きをしたり、仔猫《こねこ》と遊んだりした。

「……退屈でした。ダニエルがいた頃は一緒に走り回って遊んでたんですけど。遊び相手がいなくなって、いつもひとりで……。仔猫と遊ぶのもいいけど、猫は話せないから」

そんなとき帽子をかぶった少年が現れた。記憶は曖昧だが、逃げた仔猫を捜し回っているときに出会ったような気がする。

　捕まえた仔猫を手渡して、少年はにっこりと笑った。

　その笑顔がとても素敵だった。見たことのない子で、自分よりふたつ上のフランツよりもさらに年上のようだが、怖いとは思わなかった。

　だから頼んだ。一緒に遊んで、と。

「今考えると、よく付き合ってくれたなと思います。彼はたぶん……十二、三歳だったかしら。七歳の女の子のままごと遊びなんて退屈でしょうに、厭な顔ひとつせず」

「……全然退屈ではなかったよ」

　イザークが呟き、ユーリアは目を見開いた。おそるおそる窺うと、彼はユーリアを見返して微笑んだ。

　その笑顔が遠い日の見知らぬ少年の面影に重なる。

「イザーク様……だったのですか……?」

　頷く彼を、絶句して見つめる。

「でも……どうして、あそこに……?」

「あの城は国境に近い。元は警備のための砦だった」

　そう言われれば、とユーリアは頷いた。

「すでに双方合意の上で国境は確定していたから、警戒の必要はなくなっていた。あのとき俺はリーゼンフェルト側の城砦《じょうさい》に来ていたんだ。馬を飛ばせば二時間もかからない場所だ」

イザークは世継ぎとして国境付近の城砦を視察して回っていたのだが、次の目的地へ続く道が大規模な崖崩れで通れなくなり、やむなく辺境の小さな砦に二か月も滞在するはめになった。

その頃お付きの小姓だったマティアスと武芸の稽古などして過ごしたが、どうにも暇で仕方がない。

ある日ふと、国境の向こうにある城砦を見に行ってみようと思いついた。

「ヴォルケンシュタインの城がどんなものだか見てみたくてな。せいぜい小規模な駐屯部隊がいるくらいだろうと思ったら、どうも様子が妙だ。後になって知ったのだが、国境警備隊はそこから少し離れた別の城砦に移っていたのだな」

ユーリアのいた城は街道筋から遠く、補給が不便なため、放棄されるはずだった。

そんな廃城同然の古城にディルク王は病身の王妃を送り込んだ。静かだから落ち着いて療養するにはぴったりだ、などとうそぶいて。

すでに死期を悟っていた王妃は抗わず、半年ほど娘と穏やかに過ごした後、この世を去った。

ユーリアはまだ三歳だった。

それから四年、ディルク王は娘を古城に捨ておいた。

半年の喪が明けるや否や再婚し、すぐにハイデマリーという娘を授かった父王にとって、前妻の遺《のこ》した娘などほとんど意識に上らなかったのだろう。

落雷による火事さえ起こらなければ、今でも忘れられたまま古城で暮らしていたのかもしれない。

イザークの話を聞きながら、ふとユーリアはそんなことを思った。

「――しばらく様子を窺ったが、兵の姿はなく、住んでいるのは小さな女の子とその乳母らしい女性だけだった。王家の持ち城のはずだから、ヴォルケンシュタインの王女だろうと思ったが、ろくに召使もいないのは何故だろうかと不思議だった」

ひとりで遊んでいる女の子が気になり、イザークは時々様子を見に来るようになった。

「その小さな姫君が、死んだ妹と同じような年格好でね」

イザークの呟きにユーリアはハッとした。

「下の妹は生後数ヶ月で亡くなってしまったが、上の妹は七歳まで生きた。その子が病死したとき、もっと一緒に遊んでやればよかったと後悔したんだ。妹は俺に遊んでほしがったが、俺は年下の女の子と遊ぶより同世代の少年たちと駆け回るほうが楽しくてね」

それはそうだろうと頷きながら、ユーリアは尋ねた。

「わたしと遊んでくださったのは、そのことがあって……？」

「うん……まぁ、そうだな」

照れくさそうにイザークは頬を掻いた。

「最初は死んだ妹に詫びるような気持ちだったと思う。それが、いつのまにか妹とは違う意味でかわいいなと思うようになったんだ」

優しいまなざしを向けられ、ユーリアはなんだか気恥ずかしくなって膝を引き寄せた。

「子どもながらにびっくりするほど綺麗なお姫様だった。大人になったら絶世の美女になるのは間違いないと確信した」

「そ、それは褒めすぎです……」

「いや、俺の確信どおりだった。それに、綺麗なだけでなく優しくて思いやりがあった。乳母がひとりでいろんな仕事をしているのが大変で、かわいそうだと言っていた。だからわたしはいい子にしてなきゃいけないの……と寂しそうに仔猫を抱きしめる様にグッと来た」

「そんなこと言いました……⁉」

ますます照れてしまってユーリアは膝に顔を埋めた。

「言った。絶対にこの子を俺の嫁にすると決め、早速ヴォルケンシュタイン城へ向かった」

「えぇ⁉」

行動が早すぎる！

「ところが、当時小姓だったマティアスが、こういうことは双方の親を通して行なうべきだと言い出した。成人前の子どもでは相手にされるわけがないと言うんだ。俺はまだ十三だったし」

マティアスは主以上に常識があったようだ。

それもそうかと思い直したものの、そのまま引き下がるのは口惜しい。

そこで、ユーリアから聞いていた兄のアーベルに話をつけておくことにした。

いずれアーベルが王位を継ぐのだから、事と次第によっては彼と交渉することになる。だったら今のうちから妹姫をもらうと言っておくべきだと考えたのだ。

「今から思えば幼稚な勇み足だが……どうしても宣言しておきたかったんだな」

「兄も覚えていましたよ」

小声で言うとイザークはパッと破顔した。

「そうなのか？　てっきり忘れられたと思ってたぞ」

三本勝負に勝利したイザークはアーベルから『結婚の許可』をもらい、意気揚々と戻ってきた。

次はユーリアへの求婚だ。

大抵の女の子は『お嫁さん』に憧れているものだから、きっと承諾してくれるはず……などと都合のいいことを考えていたイザークは、城が燃えていることに気付いて仰天した。

入り口で泣き叫ぶ乳母を、下働きの村人が必死に押し止《とど》めている。

イザークはマティアスや当時の護衛官の制止も聞かず、井戸の水を頭からかぶると城へ飛び込んだ。

大声で名前を呼び、かすかな返答を頼りにユーリアの元へたどり着き、無我夢中で抱きかかえて走った。

そこに水をかぶった護衛官とマティアスも駆けつけ、外に飛び出すと同時に梁《はり》が崩れた。

「間一髪だったな。急いでユーリアの様子を確かめようとしたら、いきなり護衛官から腹に一発くらって気絶してしまった」

「えぇっ⁉」

「面倒事を避けたかったんだろう。まぁ、気持はわかるが。俺は気絶したまま砦に連れ戻された。折よく——折悪《おりあ》しくというべきか——街道が復旧して通れるようになり、有無を言わさず次の目的地へ向けて出発させられてしまった。おかげでユーリアには会えずじまいだ。護衛官はそれまでは文句言いつつも従ってくれてたんだが、ちょっとばかり火傷《やけど》したのを激怒して、頑として大目に見てくれなくなった」

「火傷⁉　だ、大丈夫だったのですか⁉」

慌ててイザークの胸や背中を確かめるユーリアに、彼は苦笑した。

「たいしたことはない。痕も残ってないから安心しろ」

ほーっとユーリアは胸をなで下ろした。

「あの。その護衛官は……？」

「引退したが健在だよ。今でも俺に向かってずけずけ物言う奴だ」

「そ、そうですか」

なかなか気骨のある人物だったらしい。

「ま、そういうわけだ。俺のことを思い出してくれて嬉しいよ」

「素敵な男の子に会ったことは覚えていたんです。でも、まさかイザーク様とは……。髪を見てたら、すぐに思い当たったかもしれませんが、あの頃はずっと帽子をかぶっていたでしょう？」

「特徴のある髪だから隠すよう言われてたんだ」

当時、リーゼンフェルトとヴォルケンシュタインの関係は悪くなかったが、痛くもない腹を探られては面倒だ。

「視察を終えて王宮に戻ってすぐ、父上にユーリア姫との縁組を願い出た。だが護衛官の報告で火傷の件を知ると、すごい剣幕で叱り飛ばされ、縁談どころか謹慎処分となってしまったのだ」

イザークは肩を落として溜め息をついた。

「謹慎が解かれても、単なる気まぐれだろうと相手にされなくてね。十五になっても気持ちが変わらなかったら打診してやると言われた。むろん変わるわけがない」

成人したイザークに約束の履行をと迫られ、根負けした父王はついに了承した。

縁組を求めるなら肖像画が必要だろうと父は言い出し、宮廷画家に命じて見合い用の肖像画を描かせた。

「……肖像画が出来上がった日のことだ。なかなかいい出来ではないかと悦に入っているところに急報が届いた。両親の乗った馬車が事故に遭った、と」

ユーリアは息を呑んだ。

イザークは掬《すく》った湯をばしゃりと顔にかけ、顔半分を掌で覆ったまま低く呟いた。

「そのとき両親は、ここと別の離宮で保養中だった。そこは美しい渓谷沿いにあって、母のお気に入りの別荘だった。しばらく雨が続いて滞在が長引き、やっと止《や》んだので急いで帰ろうと馬車を出したのだろうが……長雨で地盤がゆるんでいたんだな。地滑りが起きて馬車ごと渓谷に転落した」

しばらくイザークは黙り込んでいた。

「……弟のエドワルドが王宮に残っていたのが不幸中の幸い、かな。そうでなければ俺はいきなり天涯孤独になってしまうところだった」

イザークは急逝した父の跡を継ぎ、弱冠十六歳で即位した。

そこに、正統な継承権はこちらにあると主張してリーゼンフェルトの王位を要求してきたのがレゼリア王国の先王サイラスだ。

「あとは知ってのとおりだ。領土目当てにレゼリアに加勢した国々と戦争になった。その対応だけでも難儀だったが、父の急逝で内政も混乱して……正直見合いどころではなくなった。せっかく描かせた肖像画もお蔵入りだ」

冗談めかしてイザークは笑った。

ユーリアは彼の身体に腕を回して抱きついた。イザークはユーリアの肩を撫で、額にキスした。

「やっと戦争に勝ち、講和会議は中立国だったヴォルケンシュタインで行なわれることになった。会議ついでにユーリア姫との結婚を申し入れようと思っていたところに、向こうから縁談が舞い込んできた。絶好のタイミングと言うにはいささかタイミングが良すぎるぞ、と怪しんだら案の定」

「……ごめんなさい」

「謝ることはない。貴女は悪くないのだから」

イザークはユーリアの頤を持ち上げ、優しく唇を合わせた。

「会議を仕切り直して納得のいく条約も結べた。卑怯《ひきょう》な罠をしかけて俺を謀《たばか》った上、貴女を不当に冷遇してきたディルク王を退位に追い込み、アーベルどのの権利を取り戻すこともできた。苦労のし甲斐があったというものだ。貴女を妻に迎え、長年の願いがやっと叶った」

じわりと瞳が潤む。

ユーリアは彼に抱きつき、自ら積極的に唇を合わせた。甘く情熱的なくちづけを繰り返し、イザークが誘惑の声音で囁いた。

「さて。充分身体はあたたまったな？」

「え？　ええ」

そろそろ上がるのだと思いきや、立ち上がった彼はユーリアの手を引いてさらに滝壺の奥のほうへざぶざぶ湯を掻き分けていく。

大きな岩陰に入ると、彼はユーリアを抱きしめて唇をふさいだ。

すぐに舌がぬるりと入り込んでくる。先ほどとは違って欲望もあらわな深い接吻《せっぷん》に、身体の奥がぞくりと戦慄いた。

「ん……ッ、イザーク、さま……っ」

まさかこんなところで……!?

焦って肩を揺すっても、ますますくちづけが濃厚になるばかりだ。

がっしりした手が乳房を掴み、性感を煽《あお》る明確な意図を持ってぐにぐにと捏ね回す。

「んん……だめ、こんなとこ……」

「誰も見てない」

餓《う》えたように唇を食みながら彼は囁いた。

「貴女があまり大きな声を出さなければ誰にも気付かれないさ」

かぁっと赤くなると、イザークは上機嫌にくくっと喉を鳴らし、さらに乳房を押し揉んだ。

勃ち上がり始めた彼の欲望が腿に当たっている。それを意識すると、秘めた場所が淫らな期待で疼き始めた。

この太棹で思うさま突き上げられたい……。

ユーリアは屹立に手を伸ばし、おずおずとさすり始めた。褒めるようにイザークが喉元をねろりと舐め上げる。

「いいぞ。そのまま続けろ」

舌を絡めあい、乳房を揉みしだかれながら、ユーリアは懸命に肉棒を愛撫した。

巻きつけた指を上下させるうちに雄茎はどんどん太く、固く張りつめて、先端から淫涙がこぼれだす。

熱い吐息とともに互いの唇に唾液の糸がかかった。

イザークが茂みの奥へと手を差し入れ、熱い蜜溜まりにとぷんと指が沈む。

「ふふ。秘密の源泉を掘りあてたぞ。……ほら、熱い蜜が次から次へと湧き出してる」

甘く囁いてイザークはぬぽぬぽと指を動かした。

「あっ、あ、あん、んふっ」

抽挿されるたび蜜が掻きだされ、たらたらと内腿を伝ってゆく。ユーリアは快感に打ち震えながら、ぎくしゃくと手淫を続けた。

ユーリアの指も彼のこぼす先走りですっかり濡れそぼり、ぬちぬちと淫靡な音を立てている。

「あ、あ、だめ……っ」

我慢できず、早々に上り詰めてしまう。

ひくひくと戦慄く花弁に、足元に跪いたイザークの舌がねじ込まれた。

「ひィッ」

快感に顎を反らし、ユーリアは必死に唇を押さえた。

滝音に紛れてくれればいいが、あまり大きな声を上げると控えている女官や護衛兵たちにまで聞こえてしまう。

ユーリアは片手で口を覆い、もう片方の手でイザークの肩を弱々しく揺すった。

彼に遠慮する気配はなく、恍惚の余韻に戦慄く花びらを舐め回しながら震える媚蕾を執拗に吸いねぶる。

じゅっと蜜を吸われるたびに下腹部が激しく疼き、なすすべもなくユーリアは絶頂した。

トロトロと滴り落ちる蜜をたんねんに舐め取り、イザークは立ち上がった。

怒張しきった肉楔に手を添え、蜜口に雁をもぐり込ませると、ユーリアの腰を掴んで一気にずぷりと挿入する。

「んッ……！」

ずんっ、と奥処にぶち当てられ、チカチカと視界に光が瞬いた。ぐぐっと抉るようにさらに深く突き上げられて、隙間なくぴたりと密着する感覚に眩暈がする。

イザークが熱い吐息を洩らした。

「たまらないな……。吸いついてくるみたいだ」

官能的な声音で囁き、彼はぐいぐい腰を突き入れ始めた。

「んッ、んッ、んッ、んんッ……！」

がくがくと身体が揺れ、無我夢中で男にしがみつく。

互いの蜜とお湯で濡れた肌がぶつかりあい、ぱちゅぱちゅと淫らな音が上がる。抽挿で掻きだされた蜜が足元で波立つ湯の中へ滴り落ちてゆく。

「どうだ？　悦いか」

甘く囁かれ、ユーリアはがくがくと頷いた。

「んっ……悦い……気持ちィ……ッ」

「俺もだ」

「ん」

唇を塞がれ、きつく舌を吸われて息苦しさと快楽とで涙が浮かぶ。

イザークはユーリアの片足を抱え上げ、さらに激しく腰を打ちつけた。

滝の水音が遠くなり、脳髄が痺れたようになる。

「あ……ぁ……あ……。イ……くッ……。イくぅ……ッ！」

下腹部からうねりが突き上げ、ユーリアは目の眩《くら》むような恍惚《こうこつ》感に放心した。

絡みつく蜜鞘の戦慄きを心ゆくまで堪能し、イザークは張りつめたままの淫刀をずるりと抜き出した。

崩れそうになる身体を支え、反転させて腰を引き寄せる。

岩に掴まりながらユーリアは朦朧《もうろう》と背後を振り向いた。

「な、に……?」

答えの代わりに怒張が後ろから押し入ってきて、ユーリアはヒッと悲鳴を上げた。

「ぁんッ！　やっ……ぁぁん！」

まだ恍惚から覚めきっていない蜜孔を、容赦なくがつがつと穿たれる。

剛直が突き当たるたび目の前で光がはじけ、指先まで悦楽に痺れた。

後ろからされるのは初めてで、正常位や座位とは違う場所をぐいぐい擦られる快感でわけがわからなくなる。

声を殺すことも忘れ、ユーリアは激しく喘ぎ、悶えた。

惑乱するユーリアをさんざん責め立てた末、ようやくイザークは欲望を解き放った。

びゅくびゅくと噴き出す熱い飛沫が胎内に広がってゆく陶酔感を、うっとりと味わう。

抱きかかえられるようにして元の場所に戻り、立位での激しい交わりで冷えてしまった身体を湯に沈めた。

ゆったりと浸かっているうちに四肢に力が戻ってくる。

やがて身体もぽかぽかと温まり、ユーリアはイザークと手をつないで滝壺の温泉を出た。

さらに数日を離宮でのんびり過ごして王宮へ戻ると、とっくに帰国したと思っていたオーレル王が居すわっていた。

「何をしてるんだ、早く帰れよ」

呆れるイザークに向かい、オーレルは我が家のごとくくつろいでいた長椅子の上でクッションを抱えて駄々《だだ》っ子のように口を尖らせた。

「やーだよー。帰ったら挙式の日取りを決めるって爺《じい》がうるさいんだよー」

「どうせ結婚するんだ、さっさと決めたらいいだろう」

「なんだよ、冷たいな！　おまえは初恋の女性を手に入れて幸せいっぱいだろうけどさ。もうちょっと友人を気遣ってもいいだろ」

初恋の女性と言われ、ユーリアはドキドキしてしまう。

「グリゼルダ姫が嫌いなのか？」

辟易《へきえき》しながらイザークが問うと、オーレルはしかめっ面で唸った。

「別に嫌いじゃないが……」

「じゃあ他に好きな女性がいるのか？」

「特に抜きん出て誰が好き……とかいうのはないな。美女なら満遍なく大好きだ」

けろりとした答えに眉を吊り上げ、イザークはサッとユーリアを背後に隠した。

まじめくさった顔でオーレルが手を振る。

「いやいや、人妻とは双方了解の上で気軽に遊ぶだけだから」

「了解などするものか！　——しないよな!?」

「し、しません」

真顔で詰問され、ユーリアは焦ってぷるぷるかぶりを振った。

「居すわられては迷惑だ。とっとと帰ってくれ」

「えー。いいじゃないか、もうちょっとくらい。友だちだろー」

「だから充分歓待してやった。さっさと帰らないと国を乗っ取られるかもしれないぞ」

厭味たらしく言われても、オーレルはけろっとした顔だ。

「爺にそんな気概があるなら、却《かえ》って見直すってもんさ」

「……いっそ唆してやろうか」

不穏な顔つきでイザークが独りごちる。ユーリアは焦って双方を交互に窺った。

別に嫌っているわけではないから叩き出すわけにもいかないのだろう。イザークは腕を組んで、げんなりと嘆息した。

「あと一週間だけだ。それを過ぎたら爺に連絡して引き取りに来させるぞ」

「ちぇっ、邪魔してやろうと思ったのに」

「……何か言ったか」

〈氷の覇王〉を地で行く冷え冷えとした眼光でぎろりと睨まれ、オーレルはビクッと身を縮めた。

「いやいや何も！　せっかくだからユーリア姫にグリゼルダのことをいろいろ訊いとこうかなっ、と」

「あの……。申し訳ありませんがグリゼルダ様とは顔見知り程度で、ほとんどお話ししたことがなく……」

ユーリアが詫びるのをイザークはぴしゃりと遮った。

「申し訳なくなどあるものか。こいつにはかまわなくていい。というか、かまうんじゃない。下手に同情してもつけ込まれるだけだ」

「おいおい、ひどいなぁ。幼なじみに向かってそんな言い方はないだろ」

「幼なじみだからこそよくわかってるんだ！」

噛みつくように切り捨てられてもオーレルはへらっとしている。

だが、そうやって遠慮なく言い合うふたりはやっぱり仲よさそうに思えて、ユーリアはこっそり笑ってしまったのだった。

結局オーレルは延々三週間も居すわった。

当初の宣言どおりイザークは一週間経つとエリュアールに使者を送って国王を引き取りに来るよう要請した。

爺《じい》ことエリュアールの老宰相が泡を食ってやって来て、早々に帰国をと懇請したが、のらりくらりと言を左右して、いっかな腰を上げようとしない。

ついには王宮の一角を政庁代わりにして自国の政務を執り始めた。

俺の国を乗っ取る気かとイザークが厭味を言えば、それもいいなと暢気《のんき》たらしくオーレルは笑う。

眉間にしわを寄せて唸るイザークは気の毒だが、ユーリアにはオーレルがグリゼルダとの結婚を進めたくないという以上に、何か考えがあるのではないか……という気がしてならなかった。

それとなく尋ねてみると、彼は感心したようにユーリアを眺め、『イザークはいい嫁さんをもらったなぁ』とにっこりした。

オーレルは、ふたりがいい雰囲気になっているとどこからともなくぬっと現われ、『なぁ、夫婦円満の秘訣《ひけつ》ってなんだ？』などと真顔で尋ねたりする。そして意外な素早さでイザークの拳を躱して逃げ去ってゆく。

エドワルド王子はオーレルをもうひとりの兄のように慕っていた。

イザークが硬派で尊敬できる長兄ならば、オーレルは軟派だが何かと頼りになる次兄といったところだろうか。実際はオーレルのほうが年上だが。

ユーリアとしてもオーレルは嫌いではない。エドワルドとイザーク、そしてオーレルの三人で団欒《だんらん》するのはすごく楽しく、くつろいだ気分になれる。

場を盛り上げてくれる愉快な人物だが、ただ軽薄なわけではないだろう。そうであればイザークはとっくに彼を追い払っていたはずだ。

もしかしたら、イザークもまた友と同じような予感を抱いていたのかもしれない。

それを証明するかのように、二回目の講和会議から一か月経った十二月初旬、王宮にヴォルケンシュタインからの急使が現れた。

第六章　幸福な未来へ

「――お父様が城に立て籠もってる?」

謁見の間に呼ばれたユーリアは話を聞いて目を丸くした。

玉座のイザークの傍らでは、オーレルが用意された椅子に凭れて気難しげに顎を撫でている。

いつも掴みどころのない笑みを浮かべている彼も、今回ばかりはさすがに深刻そうだ。

ヴォルケンシュタイン城には彼の婚約者、ファルネティ大公国のグリゼルダ姫がいる。

いくら結婚に気が乗らないとはいえ、正式な婚約者を人質に取られたも同然の状況ではへらへらしてはいられまい。

イザークに促され、使者がユーリアに向き直って一礼した。

それはヴォルケンシュタインではなくリーゼンフェルト王国軍の士官だった。還俗を願い出るアーベルの護衛としてイザークが付けてやった連隊の一員だ。

「アーベル殿下は無事に還俗の手続きを済まされ、急ぎヴォルケンシュタインへと向かわれました。しかし、ディルク王が城の明け渡しを拒否し、城門を開けようとしないのです」

「……こういうことにならなきゃいいがと思ってたんだが」

ぼそりとオーレルが呟く。険しい表情で考え込んでいたイザークが使者に尋ねた。

「パウリーネ王妃とハイデマリー王女は？　一緒に籠城しているのか」

「はい。ふたりとも修道院行きを断固拒否しています」

イザークは天を仰いで嘆息した。

「往生際の悪い奴らだ」

「で、アーベルどのは城に入れずにいるんだな？」

オーレルの問いに使者は頷いた。

「やむをえず、近くで野営しておられます」

「城にはどのくらいの兵士がいる？」

イザークが尋ねる。

「住民と王宮警備隊、近衛連隊を合わせまして二千名弱かと」

兵士の報告に彼は頷いた。

「まぁ、そんなものか。外にいる王国軍はどうなんだ」

「ディルク王とアーベル殿下のどちらに付くか決めかねているようです。講和会議でディルク王の退位は決まったものの、アーベル殿下はまだ正式に即位しておりませんので……」

「こちらに向かってくる様子は?」

「今のところありません。彼らも困惑している模様です」

「ディルク王側に付かれると厄介だな。牽制《けんせい》のためにもリーゼンフェルト軍を差し向ける必要がありそうだ」

「うちからも出そう」

オーレルの言葉にイザークは頷いた。

「おそらくディルク王は籠城に必要な物資を溜め込んでいるはずだ。確か、城内には井戸が何カ所かあった」

視線を向けられ、ユーリアは頷いた。

「飲み水に困ることはないと思います。食料の備蓄もかなりあるかと。輸入した小麦はいったん城内の倉庫に保管し、必要に応じて国民に分配していますから」

「戦争となれば致し方ないが、今回はなるべく城の破壊は避けたいな」

考えながらイザークが呟き、オーレルも頷いた。

「確かに。ディルク王を追い出しても城がボロボロになってはアーベルどのが気の毒だ」

やっと俗世に戻れたというのに思わぬ足止めを食った兄を思い、ユーリアは沈んだ気分になった。

使者からの詳しい報告が続く。イザークと額を付き合わせてひそひそ話していたオーレルは、やがて足早に謁見室を出ていった。

残ったイザークが使者に告げる。

「俺とオーレル王とで軍を率いてヴォルケンシュタイン城へ向かう。その旨アーベルどのに急ぎ申し伝えよ」

「御意！」

一礼した使者が下がると、ユーリアは思い切って進み出た。

「わたしも連れていってください」

「何を言う。貴女は残りなさい、危ないから」

驚いて目を剥くイザークにユーリアはたたみかけた。

「でも戦争をする気はないのでしょう？　父にもないはずです。ヴォルケンシュタインにはもともと他国から攻められた場合に防衛するための必要最低限の軍隊しかありません。その軍隊も国境沿いに散らばっています。王都に配備された部隊は城外にいるのですよね？」

イザークは渋い顔で答えた。

「半分はアーベルどのを出迎えるとリーゼンフェルト軍を先導して王城まで来た。残る半分も籠城を知って駆けつけたが、我が軍の後方で様子見だ。つまりヴォルケンシュタイン軍は我が軍によって前後に分断された格好になっているわけだが……逆に言えばリーゼンフェルト軍が敵軍に挟まれているとも言える。単純に兵の数からすればこちらは半分に満たない。兵士たちを安心させるためにも早く援軍を送らないと」

「父は戦闘指令を?」

「しきりと出してはいるが、軍部は国王即位が決定しているアーベル王子を攻撃することをためらっている。ディルク王の命令に従えばリーゼンフェルトとその同盟軍をすべて敵に回すことは司令官にもわかっているしな……。どっちつかずの妙な膠着《こうちゃく》状態だ」

使者の報告によれば、ディルク王は帰城するとすぐに籠城の準備を始めていたらしく、アーベルが王都に入ったことがわかると急ぎ城門を閉ざしたという。

「父は退位を受け入れられず、自棄《やけ》になっているのではないでしょうか。リーゼンフェルトと戦争して勝てるわけがないことくらいわかっているはずです」

「ま、駄々をこねてるだけだろうな。退位するにしても、もっと良い条件を交渉で引き出そうというんだろう。たとえば摂政役として居残るとか……あるいは修道院行きを拒否した王妃に唆されたのかもしれないな」

ユーリアは暗鬱な気分で頷いた。

むしろ、王妃が籠城を焚《た》き付けたのではないか。父もそうだが、権力志向で贅沢好きのパウリーネとハイデマリーがおとなしく修道院行きを受け入れるとは思えない。

「実は俺も、そんなことになるんじゃないかとアーベルどのに単なる護衛以上の数の兵士を付けたんだ。しかし城に立て籠もってまで抵抗するとは思わなかった。籠城戦で勝つことなどまず不可能だからな」

「そうなのですか？」

　イザークはしかめっ面で頷いた。

「そもそも籠城戦というのは援軍が来ることを前提とした戦い方なんだ。援軍が来なければジリ貧になるだけ。補給路がないから物資の面でも精神面でも追い詰められ、耐えかねて全面投降するか、内部で争いが起こって城門が開かれるのが関の山だ」

「援軍が来るあてなどありませんよね……」

　中立国の立場を利用して私腹を肥やそうとしたヴォルケンシュタインはすでに国際的な信用を失っている。

　王国軍がすべて結集したところでリーゼンフェルトが本気で出兵して来ればたちまち蹴散らされるだろう。兵の数でも物資の豊かさでも太刀打ちできないし、このような状況では士気も上がらない。

「これが戦争なら自滅するまで放っておいてもいいんだが……エリュアール国王の許嫁《いいなずけ》が城内にいるとなればそうもいかない。グリゼルダ姫だけは速やかに救出しなければ。しかしどうしたものか」

　イザークとともに考え込んだユーリアは、ふと思い出した。

「そうだわ、抜け道があります。そこからこっそり忍び込んではどうでしょう？　ほら、わたしたちが脱出してきた——」

　イザークは、はたと膝を打った。

「その手があったか。いかんいかん、正面突破ばかり考えて搦手《からめて》を考慮してなかった。助かったぞ、ユーリア」

「そんな。わたしが言わなくてもイザーク様ならすぐに思いつかれたはずですわ」

　照れるユーリアに、イザークはにっこりした。

「謙遜することはないぞ。ではホフマン兄弟を連れてすぐに出立するとしよう。あのふたりは王宮警備隊にいたから案内として最適だ。廊下にいるな？　よし。——侍従、姫の護衛官を呼び入れよ」

　一礼した侍従が扉へ向かう。

　ユーリアは焦ってイザークに歩み寄った。

「わたしも連れていってくださるのですよね？」

「そうはいかん。こっちに争う気がなくても何が起こるかわからんのだ。おとなしく王宮で待っててくれ」

「兄が心配です。それに、父を説得できれば自主的に城を明け渡してもらえるかもしれません。そのほうがいいですよね？」

「むろんそれに越したことはないが……あの男が説得に応じるとは思えんぞ」

「でも、やってみなければ――」

入ってきたフランツとダニエルが、言い争うふたりの姿に何事かと目を丸くする。

来るとき伴ってきたのはダニエルだけだったのだが、故国での緊急事態を知ったフランツが駆けつけたのだろう。

イザークから話を聞いたホフマン兄弟は勇んで頷いた。

彼らからも王宮に残ったほうがいいと勧められたが、ユーリアは連れていってほしいと頑固にせがんだ。

「もう一度父と話してみたいのです。父とはこの先もう二度と会う機会はないでしょう。講和会議のとき……父と面談したいかとせっかくイザーク様が尋ねてくださったのに、わたしは断りました。でも後になって、やはり会っておくべきだったのではという思いに駆られたのです。自分から、きちんと別れを告げたい。どうかお願いします……！」

イザークはユーリアをじっと見つめ、根負けしたように嘆息した。

「……わかった。一緒に行こう」

「ありがとうございます！」

「絶対に危ないことはするんじゃないぞ」

「はいっ」

しかつめらしく注意するイザークに、ユーリアは意気込んで頷いた。その後ろでホフマン兄弟が苦笑していた。

軍備が整うとすぐにイザークは出立した。ユーリアとホフマン兄弟、オーレルも同行する。許嫁を心配したオーレルは自軍の到着を待たず、リーゼンフェルト軍とともに先行することにした。

これまでなんだかんだと言い訳して結婚を先のばしにしてきたが、今回の事態でついに踏み切る決意が固まったのかもしれない。

そんなイザークの推測にユーリアも頷いた。

ヴォルケンシュタイン王城の城門が見える位置までやって来た時には小雪がちらついていた。地面にはうっすらと雪が積もっている。王都の周りを取り巻く峰々はすでに真っ白だ。

王城は比較的降雪の少ない場所にあり、年内は積もっても数センチくらいだが、年を越すと毎日のように雪が降り続くようになる。

いつもなら、ちょうど今頃は王族が南部の離宮へ避寒に出発する時期だ。静まり返った冬の王城での寂しい生活を思い出し、ユーリアは小さく震えた。

それに気付いてイザークが肩を抱き寄せる。

「寒いなら馬車の中にいるといい」

ふるりとユーリアはかぶりを振った。

「大丈夫です。このマント、とても暖かいですから」

ユーリアは毛皮で縁取られた膝下まである白いマントをまとい、揃いのマフに手を入れていた。中に着ているのは目の詰まった厚手の生地で作られた旅行用ドレスで、やはり毛皮の縁取りがついた革のブーツを履いている。

一方のイザークは軍服に帯剣し、マントをはおっていた。

固く城門を閉ざしたヴォルケンシュタイン城は、灰色の空の下、ずんぐりとうずくまる巨人のようだ。

イザークを挟んで反対側では、やはり軍装姿のオーレルが腕組みをしてむっつりと城門を睨みつけている。

ユーリアの隣には防寒用のマントに身を包んだアーベルが立っていた。

四人は先ほどまで野営地の天幕で今後の対応について話し合っていた。アーベルはなんとか父を説得しようと試みたのだが、まるで聞く耳持たないという。

「私の還俗を認めて王太子とするが、退位はしないと言い張っています。妻と娘も絶対に修道院へはやらぬと」

「最初から反故にするつもりで誓約書に署名したわけか？　どこまでも信用ならん男だな」

侮蔑にフンと鼻を鳴らし、イザークは側に控える司令官に尋ねた。

「グリゼルダ姫については何かわかったか？」

「ご無事のようではありますが、引き渡し要求は拒否されました」

「絶好の人質だろうよ」

憮然とオーレルが吐き捨てる。

ファルネティにはエリュアールから早馬を出した。そろそろ到着して大公が慌てふためいている頃合いだろう。

「親馬鹿気味のお人ゆえ、大公が出てくると話がややこしくなる。その前に決着をつけよう」

イザークの言葉にアーベルが頷く。

「では、先ほどの打ち合わせどおりに」

「ああ。できるだけ注意を引きつけてくれ」

ムスッとしたままオーレルも頷いた。

イザークはユーリアを促してその場を離れた。残ったアーベルとオーレルは盾を持った護衛に伴われてそろそろと門前に進んでゆく。

オーレルの合図で兵士が喇叭《らっぱ》を吹き鳴らした。彼は大きく息を吸い、朗々と響く大音声を上げた。

「ヴォルケンシュタインの元国王ディルクに告ぐ。私はエリュアールの国王オーレルだ。城に滞在している我が許嫁、ファルネティ大公息女、グリゼルダ姫を解放してもらいたい。彼女は馬車に乗り込んだユーリアが窓から窺うと、城門の上で兵士らしき人影が忙《せわ》しなく動いているのが見えた。

「……父は交渉に応じるでしょうか」

「オーレルがうまく誘導するだろう。グリゼルダ姫を返してくれるなら退位せずに済むよう取り計らってやるとか持ち掛けられれば疑り深いディルク王とて無視できないはずだ」

その隙にイザークたちは精鋭部隊を率いて抜け道から王城に侵入する。

グリゼルダ姫を救出すると同時に、パウリーネ王妃とハイデマリー王女を逆に人質としてディルク王に投降を呼びかける、という算段だ。

貴重な取引材料であるグリゼルダを監視するため、パウリーネたちは一緒にいるはず。

ユーリアたちは城を取り巻く森の中へ移動した。

古い祠《ほこら》は以前と変わらず涸れた泉のほとりにひっそりと佇《たたず》んでいた。

二か月前、イザークに手を引かれてユーリアはここから外へ飛び出した。

（あれからたったの二か月だなんて、とても信じられない……）

武装したイザークはユーリアを馬車に残し、選《よ》りすぐりの精鋭兵を率いて祠に入っていった。

ユーリアは懸命に無事を祈った。

待つしかないとわかっていても、どうにも落ち着かない。馬車の扉を開けると、付き添ってきたヒルダが心配そうに尋ねた。

「姫様、どちらへ？」

「少し歩きたいの。ヒルダはここにいて」

「遠くへ行かれてはなりませんよ」

「わかってる。すぐに戻るわ」

馬車から降りようとするユーリアに気付いた武官が走り寄って手を貸した。

「その辺りを少し歩いてみたいの」

「ではお供いたします」

武官の合図で兵士がふたり駆け寄ってくる。

ユーリアは祠の周囲をぐるりと周り、ふと梢を見上げて城の一部が見えることに気付いた。

この森は常緑樹と落葉樹が入り交じっている。葉を落とした枝の間から王城で最も高い塔が見えた。

「もう少し城に近付いても大丈夫かしら？」

「少しだけなら。森の中に敵兵がいないことは確認しましたが、城壁の見張りに気付かれるといけませんので」

「わかったわ」

頷いたユーリアは、用心しながらゆっくりと進み始めた。

城の裏手にはもともとあった崖を利用した高い城壁がそびえ立っている。

ところどころに監視のための城壁塔はあるものの、森が広がっているので敵が接近してきても城壁直下に来ないとわからない。

ただ、森には馬車一台がやっと通れるくらいの細道しかなく、敵側としても大軍を送り込むのは難しい。

たとえ首尾よく城壁にとりついたところで気付かれれば逃げ場がない。弓矢や弩、熱湯などで狙い撃ちにされるのが落ちだ。

警備兵が巡回しているはずだが、目立つ動きがないから未だ侵入には気付いていないのだろう。

イザークも用心して常緑樹の陰を選んで進み、光を反射しないよう武器や馬車の窓にも覆いをかけていた。

（……あの城壁塔だったかしら）

ユーリアは下半分が崩れかけている城壁塔を梢越しに見上げた。

城の裏手は人目につかないため、破損個所《かしょ》の修理も後回しにされがちだ。見栄《みえ》っ張《ぱ》りな国王夫妻は正面の城門を立派にすることばかりに腐心している。

ひとつ心配なのは、抜け道で待ち伏せされることだ。

イザークがユーリアを連れて脱出したとき、抜け道を使ったことが知られぬようフランツたちは細心の注意を払った、とは聞いている。

あの抜け道は戦乱が絶えなかった大昔に作られたもので、知っている者は少ないそうだ。

ホフマン兄弟はたまたま警備隊の古参兵から教えてもらったが、他の誰にも明かさなかった。その古参兵はすでに亡くなっている。

大丈夫だろうとは思うが、やはり気になって祠と城壁塔との中間辺りをうろうろしていたユーリアは、なんだか地面が妙にでこぼこしていることに気付いた。

「どうしたのかしら、これ……」

腰をかがめて見ていると、武官が促した。

「姫君、そろそろ馬車にお戻りを」

「あ。そうね」

と姿勢を戻した瞬間。

ゴゴゴ……と不気味な地鳴りがした。

「な、なんだ⁉」

武官と兵士たちも焦って周囲を見回していると、ひとりの兵士が叫んだ。

「あっ、あれを！　地面が陥没しています！」

兵士が指さす方向を見て武官はギョッとした。

「まさか地下道が崩落したのでは⁉　まずいぞ、陛下はご無事か⁉　――姫君、急いで戻りましょう」

青ざめて振り向いた武官は愕然《がくぜん》と立ちすくんだ。

そこにいたはずのユーリアの姿は煙のように消えていた。

＊　＊　＊

「くそっ、ひどい目にあった」

祠から飛び出したイザークは、ゴホゴホ咳き込みながら次々出てくる兵士たちを見やった。

誰もが埃《ほこり》まみれで、イザークも例外ではない。

「ご、ご無事ですか、陛下⁉」

マティアスが、やはり噎せて目を血走らせながら尋ねる。

「なんとかな。――おい、皆無事か？　逃げ遅れた者は？」

点呼を取って隊長が頷く。

「大丈夫です、陛下。全員揃っています」

「よかった。怪我人《けがにん》がいるな、早く手当てを。――いや、俺は大丈夫だ」

イザークは地面に座り込んで溜め息をついた。

そこへ騒ぎを聞きつけたヒルダが飛んでくる。

「陛下⁉　どうなさったのですか⁉」

「抜け道の天井が崩れた」

「お怪我《けが》は⁉」

「大丈夫だが、抜け道が瓦礫《がれき》で埋まって通れなくなってしまった」

悔しげに応じ、ふと不審を覚えてイザークは尋ねた。

「ユーリアはどうした？」

「そ、それが……その辺りを歩くと仰って馬車を降りられて。まだお戻りにならないのです。お供が三人付いて行きましたが」

イザークが眉を吊り上げると同時に、そのお供の武官たちが血相変えて走ってきた。

「大変です、陛下！　あっ、陛下はご無事で――」

「俺は大丈夫だ。それよりどうした。まさかユーリアに何かあったのか⁉」

武官はごくりと喉を鳴らした。

「突然、姫君がおられた地面が陥没しまして……」

「ユーリアが落ちたのか⁉」

「は、はい」

「どこだ⁉　さっさと案内しろ！」

一喝されて武官は飛び上がった。後を追うイザークにマティアスと兵士たちが従う。

地面にぽっかりと空いた穴を這いつくばって覗き込みながら、必死にイザークはユーリアの名を呼んだ。

「ユーリア！　ユーリア！　返事をしろ！」

どれほど耳を澄ませても応えはない。

「陛下、あまり端に寄ると危ないですよ」

いよいよ焦ったイザークは、マティアスの注意も聞かず、穴に頭を突っ込まんばかりにして怒鳴る。

「今すぐ助けに行くからな！　気をしっかりもて！　――早く縄梯子《なわばしご》を用意しろ！」

攻城用に持ち込んでいた縄梯子が急いで運ばれてくる。

当然のごとく率先して降りようとするイザークを、マティアスが厳しい口調で止めた。

「なりません、陛下。安全が確認されるまでお待ちください」

「どけ！　待ってなどいられるか！」

「だめです」

怒号に怯む気配もなく、頑としてマティアスは主君の前に立ちふさがる。

そこへ、先の武官が名乗りを上げた。

「私が行きます！　どうか行かせてください、陛下！」

「……いいだろう」

渋々とイザークは承諾した。

武官は早速縄梯子を伝って降り始めた。穴の直径は井戸ほどで、下には崩れた瓦礫が堆積している。

「灯を下ろしてやれ」

イザークの指示でロープに結びつけたランタンが下ろされる。

「どうだ⁉　ユーリアはいるか⁉」

下に向かって怒鳴ると、兵士の声が反響しながら返ってきた。

「それが……どこにもお姿が……」

「瓦礫に埋もれているのか⁉　――もっと兵を下ろせ。俺も降りる！」

「陛下は最後です」

ぴしゃりと言って、マティアスは兵士たちに指示を出し始めた。

ホフマン兄弟を先頭に五人の兵がランタンを持って降りたところでイザークが俺も降りるとごね始めた。

仕方なくマティアスが先に降りてイザークを待つ。

「ユーリア！」

叫び声が隧道《トンネル》に反響する。シッ、と鋭くフランツが制した。

「大声出さないでください。また崩れたら大変です。この抜け道は長いこと補修されていないんですよ」

だが、イザークは注意などまるで耳に入らない様子でせかせかと辺りを捜し回っている。

マティアスがげんなりと溜め息をついた。

「やれやれ。姫君のこととなると〈氷の覇王〉も形無しだな」

「陛下！　これがそこに」

白い毛皮のマフにイザークは目を剥いた。

「どこにあった⁉」

兵士の案内で崩れた瓦礫の陰を覗き、イザークはまた懸命にユーリアの名を呼んだ。

やはり返事はなく、イザークは自ら瓦礫を掻き分け始めた。慌てて兵士たちもそれに倣う。

そこへ、通路の奥の様子を見に行っていたホフマン兄弟が戻ってきた。

「陛下！　こんなものが奥に落ちていました。これってもしかして――」

ダニエルが焦って小さな手巾《ハンカチ》を差し出す。

それをひったくり、イザークはまじまじと見つめた。土埃《つちぼこり》で薄汚れていても、小さな花の刺繍には見覚えがある。

「ユーリアのハンカチだ！　向こうにあったのか⁉」

「はい。あちらの奥です」

フランツが城へ続く方角を指す。反対側は崩れた瓦礫が山となり、祠へ続く抜け道を完全にふさいでいる。

「……この落盤は俺たちの目の前で起こったものと同じだな」

「そのようですね。我々は今それを反対側から見ている」

マティアスも頷いた。

「ということは、ここから城へ行けるということだ。ユーリアも城へ向かったんだろう。——おい、その瓦礫はもういい」

ユーリアが埋まっていないことがわかってやっと落ち着いたイザークは、気を取り直しててきぱきと兵士たちに指示した。

数名を見張りとして残し、ホフマン兄弟を先頭に進み始める。

天井を気にしながらダニエルがぼやいた。

「もー、姫様ってば、ここで助けが来るのを待ってればいいのに」

「さらに崩れて来そうで怖かったんじゃないか？」

「そっか。それもそうだね」

フランツの意見にダニエルが頷く。イザークも同意見だった。城に近いほうが天井も壁もしっかりしているはずだ。

ランタンを掲げてしばらく進むと、前方から複数の足音が聞こえてきた。

松明《たいまつ》の灯も見える。身を隠す場所もなく、こちらの掲げるランタンに気付かれてしまった。

「何者だ⁉」

誰何《すいか》の叫びに足を止め、イザークは低く命じた。

「ひとりも取り逃がすな」

「はっ」

素早く抜剣した精鋭部隊が、松明をかざして闇を窺っている王宮警備隊めがけて突進した。

＊　＊　＊

その少し前、ユーリアは手さぐりで闇の中を進んでいた。

天井が落ちてくるのではないかと不安だったし、真っ暗闇の中ではおちおち止まっていられない。

少なくとも進めば出口がある。光が射す場所まで行って、そこでイザークたちが来るのを待とう。

手がかりにと途中で思いついて落としたハンカチに、彼なら気付いてくれるはず。

（イザーク様、どうかご無事で……！）

あの地響きは抜け道の天井が落ちた音だったのだと、ユーリアは地下通路に落ちてから気付いた。

武官に促されて戻ろうとした瞬間、いきなり足元が崩れた。

悲鳴を上げる暇もなく、ユーリアは土砂や瓦礫とともに通路に落下していた。

運よく瓦礫の表面を滑るような格好で転がり落ちたため、下敷きにならずに済んだらしい。

しばし気絶していて、意識を取り戻すと上方の穴に向かって必死に叫んだのだが応えはなかった。応援を呼びに行ったのだろうと待っていることにしたが、天井からパラパラと砂利が落ちてきて不安になった。

かなり大きな破片も落ちてきて、怖くなったユーリアは少しでも崩落箇所から遠ざかろうとした。

天井がしっかりしていそうな場所までそろそろ後退っているうちに光が届かなくなり、こうなったら城側の出口まで行ってしまおうと決意した。

そこでイザークが追いかけてくるのを待つのだ。彼が無事ならば、ユーリアが落ちた穴から地下道をたどって来てくれるはず。

もし無事でなかったら……と想像しかけ、ユーリアは激しく頭を振った。

「イザーク様は絶対に大丈夫」

声に出すと、いくらか気分が落ち着いた。今は信じるしかない。

壁を手さぐりしながら、暗闇の中できるだけ足を速めた。

次第に時間感覚があやふやになり、やっとかすかな光が前方に見えたときにはもう何時間も暗闇の中を歩き続けたような気がした。

さらに足を速め、息を切らしながら進んでいくと、ぼんやりと階段が見えた。

(出口だわ！)

手前で待っていようと考えていたはずなのに、光が見えた嬉しさと外の空気が吸いたい一心で、ユーリアは這うようにして階段を上り、がたついた扉を開けた。

湿ってカビ臭いにおいからやっと解放され、大きく息を吸ったとたん、『何奴⁉』と怒号が響き、ぎらつく槍の穂先が前後左右から突きつけられる。

硬直するユーリアを取り巻いた兵士たちは、それが女と気付いてたじろいだ。

「女じゃないか」

「どこから入り込んだ？」

「……待て、見たことある顔だぞ」

「――――姫様だ！」

誰かがすっとんきょうな声を上げた。

「いなくなった上の姫様だぞ⁉」

ようやく状況が頭に入ってきて、ユーリアは眩暈を覚えた。

こともあろうに抜け道の存在を自ら教えてしまうとは……。

しまった。

逃げることも叶わず、ユーリアは兵士たちによって抜け道の出入り口から引きずり出されて

「ホホホ。なんとまぁご立派な出で立ちだこと」

顎を反らして高笑いしたパウリーネ王妃が、憎々しげにユーリアを睨《ね》めつける。

兵士に捕らえられたユーリアは王妃の私室《ブドワール》へ連行された。王妃は警備兵の報告を聞くと、すぐに国王に伝令するよう命じた。

父は現在、城の正門の上でオーレルと交渉中らしい。

母王妃の側で退屈そうに爪をいじっていたハイデマリーは、連れてこられた異母姉を見ると獲物を見つけた猫さながらに目を輝かせた。

「何その格好。穴蔵にでもひそんでたわけ？」

土埃にまみれたユーリアをじろじろと眺め回し、フンと鼻息をつく。

「リーゼンフェルト国王の情婦だけあって、いいもの着てるじゃない。どうせなら汚さずに来てくれれば、わたしがもらってあげたのに」

「わたしはイザーク様の正式な婚約者です」

どこまでも貶めようとする異母妹に毅然と言い返す。

ハイデマリーは鼻にしわを寄せてチッと舌打ちした。

「あらそう。だったらいい人質が増えたというものよ。エリュアールとリーゼンフェルト、両国王の婚約者が揃うなんてね。兄弟国だけあって仲がおよろしいこと」

パウリーネが兵士に尋ねる。

「捕まえたのはこの子だけ？」

「はい。姫君はおひとりでした」

「そんな抜け道があったとはね……。それで、入り口はふさいだの？」

「他に侵入者がないか斥候を差し向け、出入り口は警備隊が監視しています」

頷いたパウリーネは兵士を下がらせ、ユーリアに向き直った。

「いくらなんでもひとりで来るとは思えないわね。しかもそんな格好で」

「森を歩いていたら地面が陥没して地下道に落ちたんです」

「正直にお言い。イザーク王も来てるんでしょう」

「いいえ、イザーク様はアーベルお兄様と一緒です。わたしは危ないから下がっているように言われ、森に退避していました。でも様子が気になって……お城が見える場所はないかと歩き回っていたら、突然足元が崩れて地下道に落ちてしまいました。仕方なく通路をたどってきたら、扉があって……。開けた途端、兵に槍を突きつけられたんです」

嘘と事実を混ぜ合わせ、あくまで自分ひとりだと言い張る。

パウリーネはユーリアの言葉を全面的に信用したわけではなさそうだが、とりあえず納得はしたらしい。

「まぁいいわ。崩れたのが本当なら、その地下道はもう使えないから侵入される恐れはないわね」

「嘘なんかつかないほうがいいわよ。偵察に行った兵士が戻ればすぐバレるんだから」

挑発するように脅すハイデマリーを、ユーリアはひたと見据えた。

「嘘じゃないわ。わたしはひとりでここまで来たの」

そう、それは嘘ではない。けっして。

室内には王妃の侍女たちが不安そうな面持ちで、二、三人ずつ壁際に固まっている。

その中で、グリゼルダ姫だけがひとりぽつんと長椅子の隅に座っていた。

「おまえもそこにいなさい。妙な動きをしたら縛り上げるわよ」

パウリーネに顎で示され、ユーリアはグリゼルダの隣に腰を下ろした。長椅子の両脇にはこれ見よがしに短剣をおびた侍女が控えている。

グリゼルダは不安げにユーリアを見たが、口を開こうとはしない。

今まで遠目でしか見たことがなかったが、グリゼルダはたいそう可憐《かれん》な姫君だった。ほっそりとした白い首筋は木陰の白百合《しらゆり》を思わせ、伏し目がちのせいか気弱そうで儚《はかな》げな印象だ。

何を話しかけても蚊の鳴くような弱々しい声でしか答えない、とオーレルが不満を洩らして

いたが、確かに極端な人見知りのようだ。

彼女は王妃の読書係のはずだが、これで務まるのだろうかと妙な心配をしてしまった。

悄然《しょうぜん》と肩を落とした姿は雨に打たれてしおれる花のよう。気の毒になったユーリアは、監視の侍女に聞こえないよう、声をひそめて囁いた。

「大丈夫よ。オーレル様があなたの解放を交渉しているわ」

グリゼルダはビクッと身を縮め、重ね合わせた手をぎゅっと握りしめた。

「……わたし、申し訳なくて」

「えっ、何が？」

「このようなご迷惑をおかけして。ますますオーレル様に嫌われてしまう……」

「迷惑だなんて。そんなことないわ、オーレル様はあなたのことをとても心配していらっしゃるのよ？」

「――ちょっと！　何をこそこそ喋ってるの⁉　縛るわよ！」

ハイデマリーが苛立った声を上げ、パウリーネ王妃がユーリアたちを睨みつける。

ユーリアは深くうつむき、王妃がふたりを縛り上げるよう命じないことを祈った。

これまでユーリアはヒルダの件を除けば王妃の命令に逆らったことがない。そのため反抗する気概などないものと侮っていたのだろう。

両側から短剣を持った侍女が監視していることもあり、王妃は睨みつけられたユーリアがグリゼルダ同様怯えきっているのだと思い込んだらしく、縛り上げろと命じはしなかった。

ユーリアはグリゼルダと視線を合わせ、励ましを込めて小さく頷いてみせた。

グリゼルダは唇を震わせ、わかったというように頷き返した。

やがて部屋の外で物音がして、磨かれた銀色の胴鎧を身につけたディルク王が入ってきた。

彼はグリゼルダと並んで座るユーリアを見ると、なんとも言えない姑息《こそく》な笑みを浮かべ、胴鎧を脱いで小姓に手渡した。

赤い天鵞絨張りの長椅子にどっかりと腰掛けた王に、パウリーネがワインの入った豪華なゴブレットを差し出す。

ワインを飲み干し、口許をぬぐうと、ディルク王は野卑な哄笑を上げた。

「これはこれは。まさか自分から戻ってくるとは思わなかったぞ、不出来な娘よ」

ユーリアは悲しくなった。

(どうしてお父様は、こうまでわたしを貶めたがるの？)

「……城門を開けて降伏してください。お兄様に譲位することに、お父様は同意なさったはずです」

悲しみを抑えて懇願すると、父は顔を朱に染めて怒鳴った。

「うるさい！　脅されてやむなく署名しただけだ！　アーベルごとき世間知らずに国王の重責が担えると思うてか⁉」

父の尻馬に乗ってハイデマリーが居丈高に叫ぶ。

「そうよ！　大体ね、ヴォルケンシュタインの世継ぎはこのわたしなのよ⁉　お父様が譲位なさるなら次の国王はわたしに決まってるでしょう⁉」

「そうですとも。どうしても退位をというなら、ハイデマリーが女王となり、陛下が摂政として補佐するのが筋というもの。もちろん、わたくしもハイデマリーの生母として城に残りますよ」

パウリーネ王妃は昂然と胸を反らして言い切った。ユーリアは呆れて声も出なかった。

それが彼らにとっての『筋』だとしたら、まったく理解不能だ。

「修道院なんて誰が行くもんですか！　いい⁉　わたしは絶対行きませんからねっ」

「大丈夫よ、わたくしのかわいいハイデマリー。おまえを修道院になど行かせはしません。ねえ？　陛下」

「むろんだ。大事なおまえたちをどこへも行かせるものか」

懸命に妻と娘の機嫌を取る父の姿が、なんとも情けなく、哀れにさえ思えてくる。

――もしかしたら父は、ずっとパウリーネに操られていたのではないか。

ふと、そんな考えが浮かび、ユーリアはうそ寒い気分になった。

パウリーネはディルク王の心をその手に鷲掴《わしづか》み、虜にした。彼女に夢中になった王は病身の妻を見捨て、嫡子を修道院に追いやり、母を失った娘を捨て置いた。

まるで狂気だ。

だがそれが、父の生来の冷酷さゆえではなく、パウリーネに巧みに唆されてのことだったとしたら。

今回もまた、修道院行きを拒む王妃に泣きつかれて籠城を始めたのでは……？

ユーリアが慄然《りつぜん》とする間にも、ディルク王は溺愛する妻と娘の機嫌を取り続けていた。

「こちらには人質がいる。ユーリアの奴が自分から飛び込んでくれたおかげで、エリュアールだけでなくリーゼンフェルトに対しても断然優位になったぞ。あのふたりをずっと人質にしておけば、二国が手出ししてくることは絶対にない」

「だったら早く閉じ込めてしまってよ、お父様。目障りで仕方がないもの」

甘ったれた口調でハイデマリーにねだられ、ディルク王は目尻を下げた。

「おお、おお、そうだな」

「今度は見張りももっと厳重にしてね。もちろん贅沢させる必要なんてないわ。生きてさえいればいいんだから。そうだわ、身代金を取ればいい。生かしておくだけでもお金はかかるんだもの、ねぇ？」

十六歳の少女とは思えぬ冷酷極まりない提案を平然として、ハイデマリーは残忍な笑みを浮かべた。

パウリーネが即座に賛成して夫を焚き付ける。

「それはいい考えだわ。――陛下、早速新たな交渉を始めてくださいませ」

だが、ディルク王の返答は扉が破壊される音でかき消されてしまった。

「――いいかげんにしろ。この業突張《ごうつくば》りの人でなしどもめが」

先ほど耳にした地鳴りよりも遥《はる》かに恐ろしい声音に、ハッとユーリアは腰を浮かせた。

「イザーク様！」

「無事か？」

「はいっ……」

強いまなざしにジンと眼球が熱くなり、言葉に詰まってしまう。

（やっぱり生きてらした……！）

飛びつきたくなる気持ちを必死に抑え、ユーリアは拳を握りしめた。

唖然としていたディルク王が気を取り直して叫ぶ。

「衛兵、何をしている⁉　であえ――」

だが、部屋に乱入してきたのは城の警備兵ではなく、リーゼンフェルトの兵士だった。

たちまちディルク王は取り囲まれ、刃を突きつけられて身動きできなくなる。

ユーリアとグリゼルダの元にも素早く兵士が駆け寄り、鞘に入ったままの短剣を握りしめておろおろしている侍女たちを手荒く押し退けた。

ふたりがこちらの保護下に入ったことを確かめ、イザークは国王一家に向き直った。

今までの勢いはどこへやら、ハイデマリーは母王妃に抱きついてぶるぶる震えている。

パウリーネは蒼白になっているがさすがにそこまで取り乱してはいない。血の気の失《う》せた唇をキッと引き結び、瞳に紫の炎を燃え立たせてイザークを睨みつけた。

ディルク王は脂汗をダラダラ流しながら焦って周囲を見回した。

「け、警備隊はどうした⁉　近衛兵は……」

「とても叶わぬと見てどちらもすでに降伏した。というか、むしろホッとした様子であっさり投降したぞ？　この籠城に不服だったらしいな」

嘲るように言われてディルク王が眉を逆立てる。

「地下道は落盤でふさがったのではなかったのか⁉」

「その報告は不正確だな。本来の出入り口は使えなくなったが、ユーリアが落ちた穴から入れたよ。怪我の功名というやつだ」

イザークに軽く睨まれ、ユーリアは身を縮めつつ必死に目線で詫びた。

彼は肩をすくめ、改めてディルク王に冷ややかな視線を当てた。

「面倒をかけてくれたな。こうなると退位するだけでは済まないぞ。奥方と王女も、予定とは別の修道院へ行ってもらうことになる。当然、待遇はぐんと下がることを覚悟してもらおう」

「冗談じゃないわっ、わたしはどこにも行かないわよ！　絶対どこにも行かない！」

癇癪を起こすハイデマリーを、イザークはキィキィわめく豚でも見るかのように眺めた。

「おまえたちに選ぶ権利などない。それなりの暮らしを送れる機会を自ら捨てたということを思い知れ」

そこへオーレルが飛び込んでくる。

「グリゼルダ姫は無事か⁉」

あ、とグリゼルダが小さな声を洩らす。

オーレルはユーリアと並んでいるグリゼルダを認め、ホッと肩を下ろした。

「城門は？」

イザークの問いに、彼はそわそわと頷いた。

「ああ、開いたぞ。侵入したおまえたちとの戦いで警備隊が投降したから、中から自主的に開けてもらえた。破城槌も用意しといたが、使わないで済んでよかったよ。アーベルどのもこちらへ向かっているところだ。俺は報告がてら一足早く来た」

「そうか。——奥方と王女はどこか適当な部屋に放り込んで見張りをつけておけ。ディルク王はアーベルどのが来てからだ」

兵士たちに囲まれてパウリーネとハイデマリーが連れ出される。ハイデマリーは最後まで金切り声で修道院には行かないとわめき続けていた。

ディルク王は剣を取り上げられ、血走った眼をぎろぎろさせながら鼻息荒く突っ立っている。

やがてアーベル王子が壊れた戸口に現れ、全員の注意が一瞬だけ彼に向かった。

その隙を逃さず、ディルク王は兵のひとりに体当たりを食らわして剣を奪い取るとオーレルの首に刃を当てながら羽交い締めにした。

「動くな！　少しでも動いたらこいつを殺すぞ⁉」

「⁉　やめてください、父上。そんなことをしても状況が悪くなる一方です」

アーベルが急いで父をなだめ始める。

「懲りないお人だねぇ……」

呆れたようにオーレルは呟いた。

刃が今にも喉に食い込みそうでうかつに身動き取れない。多少青ざめてはいるものの落ち着いているのはさすがと言うべきか。

イザークは険しい顔で沈黙している。

「おーい、イザーク？　助けろよな」

「わかってる。動くと危ないからじっとしてろ」

ぴしゃりと言われ、オーレルは不満げな鼻息をついた。

「父上。争うのはもうやめませんか。オーレル王を手にかけたら最後、父上も死ぬことになるのですよ」

「はっきり宣言しておく。オーレルに一滴でも血を流させたら貴様を殺すぞ」

イザークの声は厳冬期の烈風よりも凄まじく冷えきっていた。端で聞いているだけのユーリアでさえ鳥肌が立ち、アーベルも青ざめておそるおそる彼を窺う。

オーレルはなるべく刃から喉を遠ざけようと身を反らしながら引き攣った声を上げた。

「忠告するが、やめといたほうがいいぞ。イザークはやると言ったら本当にやる。それはもう、何があろうと必ずやるからな」

「黙れっ」

「父上！　どうか剣を下ろしてください。父上が自主的に投降するなら、パウリーネ王妃とハイデマリー王女と三人で暮らせるよう取り計らいます」

懇願の言葉に、完全に自暴自棄《やけくそ》になっていたディルク王の表情が動く。

ところが水を差すかのように仏頂面でイザークがぼそりと吐き捨てた。

「それは勧められんな。この夫婦は絶対に引き離しておいたほうがいい。一緒にしておくとろくなことにならん」

「まず俺をこいつから引き離してほしいんだがね」

顔を引き攣らせるオーレルにはかまわず、イザークはアーベルとまじめくさった顔で議論を始めた。

「俺は反対だぞ。この嘘つき夫婦にはひどい目に遭わされたんだ。厚遇してやる義理などない」

「しかしそうは言っても……」

「だから議論は俺を助けてからにしろって！」

オーレルまで焦れたように叫び始め、ディルク王は眉を逆立てて怒鳴った。

「き、き、貴様らっ、こいつがどうなってもいいのか――」

ガシャン！

いきなり陶器の割れる音が上がり、ディルク王は頭からずぶ濡れになった。

棒立ちになる男から素早くオーレルが飛びのく。ディルク王の手から剣が滑り落ち、けたたましく床に跳ね返った。

白目を剥いたディルク王の身体はみるみる傾ぎ、ドスンと床に倒れ伏した。

そのときになってユーリアは、父王の背後にグリゼルダが立っていたことに気付いた。

彼女は両手を振り上げた格好で固まっている。

足元には彼女がディルク王の後頭部にお見舞いした花瓶が破片となって、飾られていた花の残骸とともに散らばっていた。

オーレルも今になって気づき、放心したままの婚約者に飛びついた。

「すごいぞ、グリゼルダ！　きみがこんなに勇敢だとは思わなかった。断然惚れ直したぞ！」

「あ……え……？」

ぎゅうっと抱きしめられ、グリゼルダの顔がみるみる真っ赤に染まる。

ユーリアが騒ぎに気を取られている間に、彼女は思いもよらぬ行動を起こしていたのだった。フェルト張りの室内履きを履いていたグリゼルダはそろそろと壁際を伝い、ディルク王の背後に回り込んだ。

彼と向かい合っていたイザークとアーベルはそれに気づき、ディルク王の注意を引きつけるため咄嗟に場違いな議論を始めたのだ。

「グリゼルダ？　おい、どうした⁉」

急にぐったりとなった婚約者を慌てて揺するオーレルを、イザークが制した。

「緊張の反動で気絶したんだろう。休ませてやれ」

「そ、そうだな。――誰か、彼女の部屋に案内しろ」

固まって成り行きを見守っていた侍女たちはおそるおそる顔を見合わせ、数人が進み出た。

オーレルがグリゼルダを抱えて出て行くと、イザークは兵士に命じて気絶しているディルク王を引き起こさせた。

我に返ってユーリアはイザークの元へ走り寄った。

「とりあえず適当な牢に入れておけ」

命令に頷いたフランツが、両脇からディルク王に肩を貸した兵士たちを先導してゆく。

ユーリアとともにそれを見送って、アーベルはやるせない溜め息をついた。

「……昔は良い父だったのですよ。まだ私が幼く、母が元気だった頃は」

ユーリアには『良い父』の記憶はほとんどない。物心つくかつかぬかのうちに母とともに古城へ追いやられてしまったから。

だが三つ上の兄には両親の仲が良かった頃の記憶が幾ばくか残っているのだろう。それを単純に羨ましいと思うことはできなかった。

「悪い女に魅入られてしまったのかもしれないな」

イザークが感慨深げに呟き、ユーリアの肩を抱き寄せる。

「さいわいにも俺が魅入られた女性は善良そのものだ」

悪戯っぽくウィンクされ、ユーリアは赤くなった。善良そのものなんて言われてはこそばゆい。自分にだって、きっと悪い部分があるはずだ。

でも、パウリーネのように相手を意のままに操りたいとは思わなかった。そんなことはできないし、すべきでもない。

いや、絶対にしてはならぬことだ。

(魅入られたのはきっとわたしのほう)

イザークとの出会いによってユーリアの運命は変わった。彼がいなければユーリアは幼い頃に火事で死んでいただろう。

彼との出会いがユーリアを生かした。この身体も、魂も。

つらいことはたくさんあったけれど、こうして彼と再会し、愛されることで、ゆがめられた人生を取り戻せた。

自分だけでなく、兄もまた……。

ユーリアはイザークの頬にそっとキスをし、逞しい胸板にもたれて兄に微笑みかけた。

アーベルは鬱屈の消えた爽快な笑顔で妹に笑い返したのだった。


その日のうちに、玉座の間でアーベルの即位式が行なわれた。

イザークとオーレルの立ち会いのもと、ヴォルケンシュタインの家臣たちが居並ぶなかで最長老の家臣がアーベルの頭上に王冠を乗せるのを、ユーリアは目頭を熱くしながら見守った。

すべての家臣が新王に忠誠を誓い、晴れてアーベルはヴォルケンシュタインの国王となった。

年配の家臣たちの中にはなんの罪もないアーベルが追放同然に修道院へ送られたことを苦々しく思っていた者も多く、彼が王位に就いたことを心から喜んだ。

アーベルの希望により、イザークはしばしヴォルケンシュタイン城に滞在することになった。

閉ざされた修道院で学僧として過ごしてきたアーベルは国際情勢に疎く、為政者としての知識も足りない。

今後は真の意味での中立を守るつもりだが、中立は孤立とは違うとして素直に教えを請うアーベルにイザークは快く頷いた。

オーレルは翌日、グリゼルダを伴ってエリュアールへと戻っていった。そこでファルネティ大公と落ち合い、結婚式の日取りを決めるという。

彼は内気でおとなしいグリゼルダの思わぬ行動力に感服し、俄然結婚に前向きになった。

腕を組んで馬車へと歩いていく姿を見れば、やはり似合いのふたりだと思う。

オーレルと会話を交わすグリゼルダは恥ずかしげだが幸せそうで、声の調子も以前よりしっかりしているように思えた。


数日後、パウリーネとハイデマリーは粗末な馬車で城から出ていった。当初予定されていたファルネティ大公ゆかりの修道院ではなく、鄙《ひな》びた漁村近くの小さな修道院だ。

愛娘《まなむすめ》が人質に取られたことで立腹した大公は、大昔の縁戚関係など一切考慮しないことにした。貴婦人が滞在することなど絶対にない、わびしい僻村の修道院でふたりは自活を命じられた。

召使に身の回りの世話一切をさせることが当然だったふたりにとって、これからの生活は地獄のごとく堪えるだろう。

さらに数日置いて、今度は前国王ディルクが頑丈な護送車に乗せられて城を出た。行き先は幼いユーリアが母と暮らした古城だ。火事で廃墟《はいきょ》同然となった城の一角で囚人として余生を送ることになる。

その前日、ユーリアは兄とともに牢獄を訪ねた。父はこちらに背を向けて沈黙したまま弁解も詫びもしなかった。

できることなら和解したかったが、相手にその気がない以上どうしようもない。

父にとってユーリアは最初からいないも同然の娘だったのだ。

「……さようなら、お父様」

「さようなら、父上」

それぞれに別れを告げて、兄妹は牢を去った。応える声は最後まで聞こえなかった。

かつて自分が妻と娘を放逐した場所で、父は何を思うのだろう。いつかは己の非道な行ないを悔いることがあるのだろうか……。

父が乗る護送車を窓から見送るユーリアの肩を、イザークがそっと抱いた。

「残念だったな」

「仕方ありません。人の心は意のままにならないものです」

「それを易々《やすやす》と操ったパウリーネはまさに妖婦だったわけだな。破滅をもたらす運命の女《ファム・ファタル》、ってとこか」

「そんなことをしても、結局良い結末にはなりえないのですね……」

イザークは少し考え、独白するように呟いた。

「影響力というのは権力の一種だ。そして権力は口当たりの良い美酒のようなもの。権力を振るうほどに酔いが回る。過ぎれば酩酊《めいてい》し、やがては周りが見えなくなって自滅する。……ヴェーデルも権力に溺れたひとりだ。だから俺は権力ほど恐ろしいものはないと思っている。暴君になることなんて、案外簡単なものなんだよ」

驚くユーリアを、イザークは真剣な目つきで見つめた。

「自信と過信は紙一重だ。絶えず自戒しているが、俺もこの先長く王座にあれば、いつか忘れてしまうかもしれない。そんなときは思い出させてほしい」

「わたしが……？　そんな、わたしにイザーク様をたしなめることなどできるわけありませんわ」

「俺は貴女の善なる魂を信じている」

「で、でも……イザーク様は〈氷の覇王〉と呼ばれるくらい冷静な御方ですのに」

「買いかぶりさ。現に、今回のことでは抜け道の存在を忘れてた」

「あれは本当にたまたまで……」

何かの加減で、ユーリアがほんのちょっと先に思い出しただけのこと。

イザークは困惑するユーリアを抱きしめ、がっしりした手で愛おしそうに背を撫でた。

「貴女が落盤に巻き込まれたと知ったときは死ぬほど焦ったぞ」

「ご、ごめんなさい。まさか地面が崩れるとは思わなかったんです」

ユーリアが衛兵に捕らえられた後、追いかけてきたイザークたちは偵察の兵士と鉢合わせ、これを撃破した。

出口は警備隊によって外から封じられていたが、元隊員のフランツたちが合図の仕方を知っていたため、味方が帰って来たと思って開けたところを飛び出して制圧。

その後も抜け道から続々と援軍を送り込み、王宮警備隊と近衛軍を降伏させた。

彼らの名誉のために言っておくと、これが侵略であれば徹底抗戦したはずだ。

しかし今回の籠城にそのような大義はなく、彼らは王命にしぶしぶ従っただけで最初から士気はどん底に近かったのである。

あっさり降参したため被害も最小限で済み、皆ホッとしたというのが実態だった。国王一家は身勝手な籠城を始めた時点で家臣たちの忠誠心を失っていたのだ。

「貴女は俺の唯一の弱点だな。貴女のこととなると、どうにも冷静でいられなくなる。できることならどこかに閉じ込めておきたいくらいだ。どこか絶対安全な場所に。だが、貴女を閉じ込めるなど気分が悪くてとてもできない。なぁ、俺はどうすればいい？」

真顔で尋ねられ、ユーリアはとまどった。

「え、っと……。あ、危ないことはしないよう、気をつけます。……なるべく」

「なるべくか」

「絶対とは言えませんので。今回だって、別に落っこちようとして落ちたわけじゃないですし……」

口ごもるユーリアを見つめ、イザークは破顔した。

「ハハハッ、貴女は正直者だな」

「イザーク様も、危ないことはなるべくなさらないでくださいね」

「そうだな、気をつけるよ。なるべくな」

くっくと笑う彼を、頬を染めて睨む。

イザークはユーリアの唇をべろりと舐めてにんまりした。

「安心したら欲しくなった」

「え……？　え……⁉」

腰を掴んで持ち上げられ、ひょいと窓枠に乗せられる。奥行きがあるので安定しているものの背後はガラス窓だ。下から見上げればユーリアの後ろ姿ははっきり見えるはず。

躊躇《ちゅうちょ》なくドレスの裾をめくられてユーリアは焦った。

「ちょ、ちょっとイザーク様！　まだ昼間ですよ⁉」

「前にも昼間にしたじゃないか。滝壺温泉なんか昼間の上に野外だったぞ」

甘い揶揄《やゆ》にユーリアは赤面した。

「あっ、あれは、そのっ……」

「夜まで待てん。わかるだろ」

ぐいと手を掴まれ、股間に押し当てられてユーリアは耳まで真っ赤になった。そこがすでに熱く滾り始めていることが、押しつけられた掌から伝わってくる。

動転しているうちに唇をふさがれ、舌を絡められる。じゅくじゅくと舌を吸われ、付け根からどっと唾液があふれ出した。

「んッ、んッ、ンふ」

反射的にジュストコールの襟を掴んだ手が震え、そろそろと背中に回る。

思う存分口腔を舐め尽くしたイザークは、密着した身体を少し離すとおもむろに下穿きを下ろした。

凶猛な楔が待っていたとばかりにぶるんと飛び出す。

思わずこくりと喉を鳴らしてしまい、羞恥にユーリアはうろたえた。

ドレスを腿まで捲《まく》り上げ、イザークはユーリアの膝を掴んで大きく脚を押し広げた。

寒い季節ゆえドレスの下にドロワーズを履いているものの、股は縫い合わされていない。ぱくりと割れて秘処が剥き出しになってしまう。

イザークは屹立の先端を蜜口に押し当て、様子見のように軽く小突いた。濃厚なくちづけであふれ出たのは唾液だけではなく、張り出した雁が蕩けた蜜溜まりにつぷんと沈む。

含み笑ったイザークが、耳殻を甘噛みしながら囁いた。

「濡れ濡れだな」

卑猥《ひわい》な口ぶりに赤面して身を縮める。

イザークは満足げに喉を鳴らし、ぐいと腰を突き入れた。たちまち剛直が花弁を押し開き、蜜鞘にもぐり込んでくる。

眩暈に似た快感に、くらりと脳髄が痺れた。

ぐぐっと抉るように奥処まで突き上げられて腰が浮く。ユーリアは四肢を巻きつけるように彼にしがみついた。

「あ……んんッ……」

腹底から甘だるい愉悦が込み上げ、イザークの身体を挟む膝が震えた。彼が腰を打ちつけるたび、じゅぷっ、にゅぷっ、と卑猥な音をたてて猛《たけ》る太棹が花筒を前後する。

(気持ちいい……)

はぁっとユーリアは熱い吐息を洩らした。

怒張した雄茎で隘路をこじられる感覚がたまらない。

いつしかユーリアは彼の律動に合わせてくなくなと腰を振りたくっていた。

「イザーク、さま……キス……ん」

ねだるとすぐさま唇をふさがれ、望みどおりの熱い接吻を与えられた。無我夢中で舌を絡め、もどかしげに吸いねぶる。

「ふぁ、あ……あ……」

ぞくぞくする感覚が繋がった部分から沸き上がる。

「達《イ》きそうか？」

「んん」

頷いて広い肩にしがみつき、淫らに腰を揺すり立てる。

もう少しで絶頂に上り詰めようとした瞬間、イザークの背後でコッコッと扉が鳴った。

さーっと霧が霽れるように頭だけが覚める。

硬直するユーリアの蜜壺をがつがつと突き上げながらイザークは怒鳴った。

「今忙しい！」

「……………今後の予定についてお伺いしたいんですが」

しかつめらしいマティアスの声が扉の向こうから聞こえてくる。

「取り込み中だ。手が空いたら行くから待ってろ」

「……………なるべくお早く」

深々とした溜め息まで聞こえた気がする。眉間にしわを寄せる様子が見えるようで、ユーリアはいたたまれなさに濡れた瞼《まぶた》をぎゅっと閉ざした。

ところがイザークのほうは、そんなユーリアの反応にますます己を昂らせた。

「いま凄《すご》い締まったぞ。クラクラした」

さらに抽挿を激しくされ、がくがくと身体が揺れる。

「あんッ、ン、んくッ」

ふたたび脳裏が快楽の靄《もや》に包まれる。

中空に見開いた目の前で火花がはじけ、全身に快感が広がってゆく。

「ぁ……ぁ……ぁ……ッぁあ――――……」

ひときわ高い嬌声を上げてユーリアは絶頂した。

同時にイザークが欲望を解き放つ。熱い飛沫をドクドクと蜜襞に注ぎ込み、彼は口惜しそうな吐息を洩らした。

「くそ……。あと二回は達《イ》かせてやりたかったのに、邪魔が入った。すまない、この埋め合わせは夜にたっぷりするから」

彼のうなじにすがりつき、弱々しくかぶりを振る。

内心ではホッとしていた。この調子で繰り返し絶頂させられたら、日の高いうちから腰が立たなくなってしまう。それはあまりに恥ずかしい。

イザークは手早く身なりを整えるとユーリアを長椅子に座らせ、甘やかすようなくちづけを何度も繰り返した末にようやく部屋を出ていった。

座り心地のよい長椅子でクッションにもたれかかり、ユーリアは小さな溜め息を洩らした。

思い出したように秘処がひくんと疼き、注がれた精がこぼれ落ちそうな感覚にもじもじと腿をすり合わせる。

満足したはずなのにどこかで物足りなさを覚えている。そんな自分に気づき、ユーリアは熱をおびた顔を掌に埋め、内心で悲鳴を上げたのだった。

終章

前国王一家がいなくなり、ヴォルケンシュタイン城の雰囲気も変わった。アーベルは政務を学びながら王城で冬を過ごすことに決めた。

ユーリアはヴォルケンシュタイン城で一週間過ごし、本格的な雪が降り出す前にと、今度は兄や家臣たちにあたたかく見送られてイザークとともにリーゼンフェルトへの帰途についた。


そして、翌年四月。

ユーリアはイザークと結婚式を挙げ、リーゼンフェルトの正式な王妃となった。

来月挙式が決まっているオーレルとグリゼルダは豪華な結婚祝いと共に駆けつけ、だいぶ国王らしさが身についたアーベルも急ぎ訪れた。

リーゼンフェルト王宮には花々が咲き乱れ、春風に乗って甘い香りを振りまいている。

結婚式は荘厳な王宮礼拝堂で行なわれた。

ユーリアは長く裳裾《もすそ》を引いたウェディングドレスに花冠つきのヴェールを垂らし、正装したアーベルに伴われて祭壇の前に立つイザークの元へ向かった。

祭司の導きに従って神々に誓願を立て、恩寵《おんちょう》を願う。

ヴェールを上げたイザークは、感極まったように絶句してユーリアを凝視した。ユーリアもまた彼の灰青色の瞳をじっと見つめる。

いつも理知的な彼の目が深い愛情にあふれる様に、身が震えるような感動を覚えた。イザークの唇が、ユーリアのそれにそっと重なる。

手を取り合って列席者に向き直ると、一斉に拍手と歓呼の声が上がった。一番前でエドワルド王子がはじけるような笑顔で手を叩いている。

ユーリアはイザークと腕を組んで礼拝堂の出口へ向かった。

射し込む日の光そのものが、神々からの祝福のように思えた。

賑《にぎ》やかな祝宴を途中で抜けて、ユーリアは新居へ入った。これまでは来客用の居館に滞在していたが、今夜からは国王夫妻の居館が住まいとなる。

首席侍女イネスに案内されて入っていくと、どの部屋もすでに完璧に整えられていた。

国王との共用寝室など以前の倍近くある。これまでもイザークは、差し障りがない限りはユーリアの居室で夜を過ごしていたが、今後はふたりともここで休むのが基本だ。

婚礼衣装を脱ぎ、広い浴室でゆったりと湯浴みをした。

薔薇の花びらを浮かべたミルク風呂に浸かり、上がると侍女たちが薔薇の香油をユーリアの肌にていねいに擦り込んだ。

リネンの夜着の上にレースを重ねた薄いガウンをまとい、ユーリアは巨大なベッドの端に置かれた物入れ兼用のベンチに腰を下ろした。

座面は詰め物をした深紅の天鵞絨張りで、側面には美しい彫刻が施されている。

ずらりと並んだ侍女たちの中心で、首席侍女のイネスが尋ねる。

「王妃様、他にご用はございませんでしょうか?」

何人もの侍女にかしずかれることにも半年経ってだいぶ慣れたが、ずっと『姫君』と呼ばれていたので、『王妃様』という呼びかけになんだか妙に緊張してしまう。

ユーリアはそわそわしながらできるだけ何気ないふうにかぶりを振った。

「いいえ。もう下がっていいわ」

「では、おやすみなさいませ」

うやうやしく膝を折り、侍女たちがしずしずと退出する。

最後に残ったヒルダは目を潤ませてふたたび結婚のお祝いを述べ、目頭を押さえながら出ていった。

広い寝室には、それに見合う巨大な暖炉でぱちぱちと薪が爆《は》ぜる音がかすかに響いているだけだ。四月でも夜はまだ冷えるので、暖炉には何本か薪がくべられている。

ぼんやり炎を眺めていると、かすかに軋《きし》む音をたてて扉が開いた。

無造作にガウンを引っ掛けた姿でイザークが入ってくる。

彼は微笑んでユーリアの隣に腰を下ろした。

すでに湯浴みも済ませ、ほんのりと香草のいい匂いがする。襟の合わせから逞しい胸板がかいま見え、もうさんざん見ているはずなのにドキドキしてしまった。

「寒くないか?」

「大丈夫です」

「ドレスは脱いでしまったのだな」

彼は呟いて、トルソーに飾られたウェディングドレスを眺めた。

「え? あ、はい。湯浴みしましたので」

ドレスのまま待っているべきだったのかしら……?

「この手で脱がせたかったんだが」

いかにも残念そうに言われてユーリアは赤面した。脱がすだけでは済まないことは、彼のこれまでの行動からして明らかだ。

もちろん今夜は『初夜』だから、することはわかっているのだけれど!

「だ、だめです。破ったりしたらいけないし……あれは仕立て直して着るつもりなので」

「そうなのか?」

「はい。舞踏会用のドレスにしようかと。一度しか着ないのはもったいないですし」

「それならいい」

「……脱がせるおつもりなんですね」

「もちろん、破かないように気をつけるぞ」

安心すべき点はそこではないのだが。

困惑に気付いたイザークは、機嫌を取るようにユーリアの頤をつと持ち上げて甘く囁いた。

「美しい衣装を脱がせ、貴女を裸に剥いてじっくり味わうのは俺の楽しみなのだ。貴女の裸体はどんな果実よりも甘く、どんな花よりも美しくかぐわしい」

衒いのなさすぎる告白に、ユーリアは真っ赤になった。

「ほ、ほ、褒めすぎですっ……」

イザークはますます上機嫌に笑う。

「羞《は》じらう貴女はかわいいな。もっと恥ずかしがらせたくなる」

「意地悪っ」

「許せ。貴女が愛しくてたまらないがゆえなのだ」

そんなことを言われては拒否できるはずもない。

「……ずるい」

消え入りそうな声で呟いて精一杯睨んでみせたが、逆効果しかなかったようだ。イザークはにんまりすると、つと立ってトルソーからヴェールを持ってきた。

「せめてこれで気分を出すとしよう」

彼はもったいぶったしぐさでユーリアにヴェールをかぶせた。すでに花ははずされていたので、真珠を散りばめた銀のティアラで固定し、おもむろにヴェールを持ち上げる。

悪ふざけのようなことをしながら、ユーリアを見つめる彼の瞳は挙式の時と同じくらい真剣で愛にあふれていた。

彼は羞恥の涙で湿った睫毛を優しく吸い、顔中にゆっくりと唇を押し当てた。

ちゅ、と甘い音を立てて唇をふさいだかと思うと、いきなりじゅうぅっと舌を吸われ、ユーリアは目を白黒させた。

「ぁむ⁉　んッ……ンふぅッ」

どうすればユーリアを感じさせることができるのか、知り尽くした男の舌が縦横無尽に口腔を舐めしゃぶる。

たちまちユーリアは目をとろんとさせ、なすがままになってしまった。

ちゅくちゅくと舌を吸われ、快感に瞳が潤む。

（あぁ……だめ……）

快楽に堕《お》ちてゆく予感に、ぞくりとユーリアは震えた。

ちゅぷ、と淫らな音をたててイザークの舌が離れる。つぅっと唾液が糸を引き、欲望もあらわなまなざしに身体の芯が疼いた。

「ベッドに行くか？」

誘惑の声音に、こくんとユーリアは頷いた。

軽々と抱き上げられ、リネンの上に優しく下ろされる。

イザークはガウンを脱ぎ捨てるとユーリアの夜着を剥ぎ取って床に放った。

一糸まとわぬ肢体を、彼は欲望と感嘆のまなざしで凝視した。恥ずかしくなって胸を隠そうとしたが、無造作に外されてしまう。

「綺麗だ」

しみじみと彼は囁いた。

全裸にウェディングヴェールだけを着けた格好がすごく恥ずかしい。

「あの、ヴェールは外しても……」

「だめだ。ヴェールは貞節の象徴だからな。俺に貞節を誓ってくれるのだろう？」

「も、もちろんです」

「俺も誓う。俺が欲しいのはユーリア、貴女だけだ。貴女だけが、欲しくて、欲しくて……」

囁きながら彼は身をかがめ、耳元で囁いた。

「……欲しくてたまらない」

官能的な囁きにぞくぞくっと肌が軽く粟立《あわだ》ち、とりわけ敏感な乳首がはしたなくもピンと尖ってしまう。

彼はユーリアの喉元を、唇が触れるか触れないかの距離でたどりながら、指先で乳首をくりくりと突つき回した。

「ぁ……はぁ……」

身悶えるユーリアを満足げに眺めつつ、やわやわと乳房を揉み始める。

豊満な乳房がぐにぐに揉みしだかれ、変幻自在にかたちを変える様がなんとも卑猥で、ユーリアはぎゅっと目をつぶった。

「……何度触れても飽き足りない。この世でもっとも触り心地のよいものだな、貴女の乳房は」

「そ、そんな」

恥じ入るユーリアにくくっと機嫌よく喉を鳴らした彼は、身を起こすとすんなりした脚を無造作に押し開いた。

くぱりと秘処が割られた途端にトロトロと蜜が滴り落ち、反射的に顔を覆う。

震えている花芯をきゅっと摘まれ、びくんと腰が跳ねた。

イザークは花芽をにちゅにちゅ扱きながら笑み交じりに甘く責めた。

「もうこんなにして……。我が妻はいささか感じやすすぎるようだな」

「ぁぅっ！　ご、ごめんなさ……ッ」

「謝ることはない。妻の望むようにしてやるのが夫の務めというものだ。さぁ、どうしてほしいか言ってみろ」

「ぁ……」

ユーリアは濡れた睫毛を重く瞬いた。

彼が何を言わせようとしているのかはわかっている。でも逆らえない。だってそれはユーリア自身が望んでいることでもあるから……。

「な……舐め、て……」

「ここを舐めてほしいのか？　いやらしいな」

「ん……っ」

目をつぶったままこくこく頷く。

「いいとも」

忍び笑ったイザークが秘処に吸いつく。じゅぷぷっ……と、わざとのように淫猥《いんわい》な音をたてて秘裂を吸い上げると、彼は蜜口を舌先で探りながらさらに花芽を吸いねぶり始めた。

「ひぁっ！　あぁん、あっ、あっ、だめ、そんな吸っちゃ……！」

「気持ちよさそうに震えてるぞ」

「い……けどっ、だめ、なの……っ」

以前、手淫されているうちにどうにも自制できなくなり、潮を噴いてしまったことがあるのだ。粗相《そそう》してしまったと思い込んで死にたくなったが、小水ではないと何度もなだめられてやっと気を取り直した。

快感の度合いで時にそういうこともあるらしいのだが、やはり恥ずかしいことに変わりはない。とにかくそこを舌で舐められている時だけは絶対に避けたかった。

ユーリアの必死の訴えに、苦笑してイザークは身を起こした。

「俺は別にかまわないんだが……。あまりいじめてもかわいそうか」

彼は指を三本重ね合わせて挿入し、じょぷじょぷと花筒の中を前後させた。

「ほら。遠慮せず達《イ》っていいんだぞ」

そそのかすように囁いて激しく抽挿され、快感が急激に高まる。

「ひっ、あっ、あン……あぁんんーッ……」

頤を突き出すように背をしならせ、ユーリアは絶頂した。

びゅくびゅくと蜜潮が噴き出し、イザークの手首までびっしょりと濡らしてしまう。

ユーリアは羞恥に顔を覆い、泣き声を上げた。

「ごめ……なさ……ッ」

「謝らなくていい。感じてくれて嬉しいぞ」

イザークはユーリアを抱き起こし、甘やかすように唇を押しつけた。

「感じ……すぎて……おかしく、なっちゃ……っ」

「すまん。調子に乗って悪かったよ。俺が悪かった。許してくれ」

ちゅっちゅっと唇をついばまれるうちに、やっと落ち着いてきて、ユーリアはぎゅっと彼にしがみついた。

その肩を撫で、イザークがこめかみに唇を押しつける。

「悪かった」

「ん……」

頷いたユーリアを正面から膝に乗せ、イザークは心のこもったキスをした。

彼は重ねた枕に寄り掛かり、ユーリアの腰を優しく撫でさすった。

「怒ってないなら俺を受け入れてくれるな？」

視線を落とすと、揚々と勃ち上がった剛直がせつなげに揺れている。

ユーリアは頬を染め、おずおずと膝立ちした。

イザークがユーリアの手を取り、指を絡めて握る。手を添えられなくなったので、なかなかうまく銜え込めない。

何度か滑ってしまい、ようやく先端が蜜口に触れたところで思い切って膝の力を抜いた。

「んッ……！」

ぬぷん、と屹立が蜜壺に滑り込み、一気に奥処まで突き刺さる。

絡めた指にぎゅっと力を込め、ユーリアは熱い吐息を洩らした。

「はぁ、ン……」

雄蕊《おしべ》の来訪を歓迎するかのように、ゆらゆらと腰を揺らす。

隘路をいっぱいに満たした太棹が、こつんこつんと奥処をノックする。心地よさに頭がぼうっと痺れたようになった。

「もっと腰を動かしてごらん」

促されるまま、きれいに筋の浮きでた腹部に手を置いて腰を上下させる。

「あ、んん」

張り出した雁がこそげるように蜜襞を刺激し、たまらない愉悦がぞくぞくと背筋を駆け上る。

ユーリアは陶然と背をしならせながら自ら腰を振り立てた。

掻き出された蜜が結合部から滴り落ち、互いの肌がぶつかりあうたびにぱちゅぱちゅと淫靡な音がする。

下腹部にわだかまる熱がどんどん膨れ上がり、絶頂ではじけた。

ユーリアは待ちわびた恍惚に我を忘れて酔いしれた。

ひくひくと戦慄く花弁が剛直にまつわりつき、貪婪《どんらん》に絞り上げる。

イザークは小さく呻き、身を起こすと噛みつくようにキスをした。

「んッ」

抱き合って舌を絡め合わせながら蜜壺をずくずくと突き上げられ、ユーリアの身体が跳ねる。未だ痙攣の収まらない淫壁を容赦なく穿たれ、張りつめた媚蕾をすり潰すかのように恥骨でぐりぐりと押し回される。

「ンふッ、んっ、んっ、ンむ」

ふさがれた唇からこもった嬌声が洩れる。

ふたたび蜜襞が痙攣し、ユーリアは続けざまの絶頂に達した。

それでもまだイザークは欲望を解き放とうとはせず、ユーリアを押し倒してひっくり返した。

腰を高く持ち上げられ、尻朶をぐいと割られる。

ひくつく媚肉に猛り勃つ淫楔がずぷりと挿入された。

「ァひッ」

頼りない悲鳴を上げてユーリアは突っ伏した。伸びをする猫みたいに臀部《でんぶ》だけを高く上げた格好で、ずぷぬぷと抽挿される。

ユーリアはすがるようにリネンを握りしめて喘いだ。

「やぁあっ、イッ……てるのっ、まだ……っ」

「ああ……吸いついてくるぞ……」

歯噛みするように呟き、イザークはますます激しく腰を打ちつけた。

パン、パン、と打擲音が響き、まるでお尻をぶたれているような錯覚に陥る。倒錯した甘美な陶酔にクラクラと眩暈がした。

（だめっ……また……達っちゃうう……！）

さらなる絶頂を強いられ、息が止まりそうになる。

目の前で無数の光が瞬き、巨大なベッドがぎしぎしと軋む音が急速に遠ざかってゆく。

獣のように唸ったイザークがユーリアの腰をぐいと引き寄せ、尻餅をつくように胡座《あぐら》をかいた。

快楽で下がってきた子宮口を雄茎の先端がずぅんと穿ち、ついに解放された熱い滾りが叩きつけられた。

びくっ、びくんっ、と痙攣するユーリアの身体を背後から固く抱きしめ、イザークはありったけの精を注ぎ込んだ。

乱れた熱い吐息が入り交じる。

イザークはユーリアの乳房をやわやわと揉みしだきながら、汗に濡れた首筋に唇を押しつけた。

「……今ので子ができたとは思わないか？」

「ん……」

ユーリアは喘ぎながら漸う頷いた。

これまでで一番奥処に届いた気がする。

花筒を貫く肉棒はまだ芯を残していたが、イザークはいたわるようにユーリアを愛撫し、甘いキスを何度も贈った。

彼のうなじに腕を回し、飽かず唇を重ねる。

身体じゅうで繋がり、心もまた互いへの愛と思いやりで溶け合っているのを感じた。

「愛してる、ユーリア」

真摯な囁きに幸福感が込み上げ、ユーリアは目を潤ませて頷いた。

「わたしも」

囁いて、またキスをして。

満ち足りた優しい眠りに就くまで、ふたりはずっと身体を重ねていた。

あとがき

初めまして、こんにちは。このたびは『氷の覇王に攫われた憂いの姫は溺愛花嫁になりました♡　幸せ甘々新婚生活』をお手に取っていただき、まことにありがとうございます。楽しんでいただけましたでしょうか。

昨今流行りの長いタイトルですが、内容紹介読まなくても見当がつくので貴重な時間を節約できていいのかな〜と思ったり。や、時間は増やせませんからね、本当。

というわけで今回はハイスペック俺様陛下に純情可憐なお姫様が拉致される話です……というと若干語弊《ごへい》がありますが、まぁ大体そんな感じです。

氷の覇王なのでクーデレかというと、ちょっと違いまして、最初から嫁にする気満々です。理由は本文にあるとおり。冷たいのではなく冷静沈着という意味での氷の覇王なのでした。

そのわりにヒロインの危機にはあわあわ取り乱してますけど、常日頃は泰然自若《たいぜんじじゃく》としてるスパダリ様が、溺愛妻が絡んだとたんに逆上する、みたいなシチュエーションが好きなのですよ。ギャップ萌え〜。ただしいかなるときも冷静な側近が控えていることが必須ですが、そういう人も自分が当事者になれば当然逆上するわけで。そうしたらたぶん上司が抑えてくれるんでしょう。お互いさまですね。

あと個人的に温泉が好きなので今回も温泉でイチャコラしてます。露天風呂最高！　日本人でよかったな！　と思ってたら、ヨーロッパにも天然露天温泉があるのをＴＶで見まして。いいじゃんいいじゃん滝壺温泉！　とフンスフンスしながら書いた上、当該箇所に挿絵をおねだりしちゃいました。

前作に続いてＣｉｅｌ先生にイラストをいただけてとても嬉しいです。ラフを見せていただいてにまにましてます。読者様におかれましては美麗な挿絵とともに拙作をお楽しみいただければさいわいでございます。

それではまたいつかどこかでお目にかかれますように。ありがとうございました。

小出みき

Mitsuneko Label

蜜猫文庫をお買い上げいただきありがとうございます。
この作品を読んでのご意見・ご感想をお聞かせください。
あて先は下記の通りです。

〒102-0075 東京都千代田区三番町 8 番地 1 三番町東急ビル 6F
(株)竹書房　蜜猫文庫編集部
小出みき先生 /Ciel 先生

氷の覇王に攫われた憂いの姫は溺愛花嫁になりました♡ 幸せ甘々新婚生活

2022 年 2 月 28 日　初版第 1 刷発行

著　者　小出みき　©KOIDE Miki 2022
発行者　後藤明信
発行所　株式会社竹書房
〒102-0075 東京都千代田区三番町 8 番地 1 三番町東急ビル 6F
email : info@takeshobo.co.jp
デザイン　antenna
印刷所　中央精版印刷株式会社

冷血公爵の溺愛花嫁
姫君は愛に惑う
小出みき
Illustration Ciel
政略結婚で嫁いだ公爵には
ある噂があって!?
父王の命で公爵リーンハルトに嫁ぐことになったフィオリーネ。初めて会う彼は美しく凛々しい騎士だが、フィオリーネに素っ気なく、初夜の床でも触れてこない。ぶっきらぼうだが優しい彼に惹かれていくフィオリーネは、ある夜、彼の許を訪れる。「泣いたって遅い。精一杯、礼儀正しく、大事にしていたのに、ぶち壊したのはあなた自身だ」熱く激しく口づけられ翻弄されるフィオリーネ。初めて知る悦楽の中、夫の深い愛情を知り!?

すずね凜
Illustration ウエハラ蜂
離縁された王女はイケメン騎士団長様に溺愛される
――王女殿下、
私と再婚しませんか？
母国への支援と引き換えにマルモンテル王国の王弟に嫁いだフランセット。だが相手の乱暴な扱いに抵抗したため、即日離婚されシュバリエ公爵オベールに下げ渡されてしまう。「なんて色っぽいのだろう、堪らないよ」美しく優しいオベールの妻になれたのは嬉しいが、彼は自分に同情しただけだと思う彼女にオベールは熱を帯びた愛撫で自分の思いを伝える。幸せに浸るフランセットだが宮中の女性達は小国の田舎者と彼女を蔑み!?